Rache ist cremig

Gabi Thomas

&

Brigitte Pukowski

ISBN: 1480178748
ISBN-13: 978-1480178748

Inhaltsverzeichnis

Sommerresidenz

„Er ist tot“, bemerkte Fusel-Frankie betroffen und starrte auf den Mann, der in einer Blutlache auf dem Boden lag. Der Mann lag auf der Seite und blickte mit trüben Augen ins Leere. In seinem Rücken steckte ein großes Messer.

„Das sehe ich auch“, erwiderte Willi, der Wanderer. Prüfend ließ er den Lichtkegel seiner Taschenlampe über den leblosen Körper wandern. „Aber was macht er in meiner Sommerresidenz?“

Fusel-Frankie lachte auf.

„Deine Sommerresidenz? Das ist die Schutzhütte am Fasanerieweg! Sie gehört dir doch nicht!“

„Nachts, wenn keine Spaziergänger kommen, schon. Sie ist ein trockenes, ruhiges Plätzchen, mit einem herrlichen Ausblick. Am Himmel oben funkeln die Sterne, unten leuchten die Lichter der Stadt.“ Willi kam ins Schwärmen und schenkte seinem Freund ein fast zahnloses Lächeln. „Und viele Wanderer lassen Reste von ihrem Proviant hier. Einfach traumhaft!“

„Vorausgesetzt, es liegt keine Leiche herum“, bemerkte Frankie trocken.

Willis Gesichtsausdruck verdunkelte sich. Über diesen Zwischenfall war er alles andere als glücklich. Er legte seinen schmutzigen Seemannssack ab, in dem er all sein Hab und Gut verstaute, und kniete sich neben den Toten. Vorsichtig öffnete er den Mantel der Leiche und kramte in der Innentasche herum.

„Du kannst ihn doch nicht anfassen!“, protestierte Frankie entsetzt.

„Er liegt in meiner Sommerresidenz, dann kann er wenigstens Miete zahlen.“

Willi suchte nach einer Geldbörse, fand aber nur einen kleinen Plastiksack mit weißem Pulver darin.

„Er hat Mehl dabei“, wunderte sich Willi und hielt das Päckchen seinem Freund entgegen. Dieser betrachtete es kurz und erschrak.

„Das ist kein Mehl, das sind Drogen!“

„Damit will ich nichts zu tun haben!“, rief Willi entsetzt und warf das Päckchen von sich. Frankie fing es auf und hielt es nachdenklich in seinen Händen. In der Zwischenzeit begutachtete Willi das Messer in der Leiche.

„Komplett aus Edelstahl, hervorragende Qualität, das kann ich gut brauchen.“

„Lass die Finger davon, du Idiot!“, fuhr ihn Frankie an. „Du kannst doch nicht einfach den Tatort verändern. Was, wenn dann deine Fingerabdrücke auf dem Messer sind?“

„Wen kümmert das, wenn ich es mitnehme? Unser Freund hier braucht es wohl nicht mehr, aber mir wird es gute Dienste leisten.“

„Das wird dich in den Knast bringen, du Depp! Lass es stecken!“

Willi blickte seinen Freund böse an, befolgte aber dessen Rat. Nachdenklich kratzte er sich im verfilzten Bart und sah sich um. Die letzten Spaziergänger waren mit Einbruch der Dunkelheit aus dem Wald verschwunden. Er war alleine mit Frankie und dem Toten, sah man von allerhand Nachtgetier ab.

„Was machen wir nun mit ihm?“, fragte Willi. „Hier kann er nicht bleiben, sonst wird nichts aus unserer Sause, die wir geplant haben. Echt ärgerlich, ich habe Cidre besorgt und eine Salami.“ Er griff in seinen Seesack und zog eine

Flasche heraus. Frankie nahm sie entgegen und musterte das Etikett.

„Hm, klingt verlockend“, staunte er, für kurze Zeit abgelenkt. Dann jedoch besann er sich. „Wir müssen die Polizei rufen, das ist doch selbstverständlich. Hier ist ein Mord passiert, und die Drogen müssen wir auch abliefern.“

„Ich rufe die Polente sicher nicht“, entgegnete Willi. Er nahm seinem Freund das Päckchen ab und warf es weit ins Gebüsch. „Die hatten mich erst vor drei Tagen am Wickel, wegen Ladendiebstahls. Ich werde die ganz sicher nicht auf einen Mord hinweisen. Am Ende denken die noch, ich bin es gewesen. Drogen sind auch noch im Spiel. Nein, wirklich nicht. Wir könnten den Toten aber in die Fasanerie bringen. Da legen wir ihn ins Bären- und Wolfgehege. Der Rest wird sich ganz von alleine regeln.“

Frankie schlug Willi mit dem Handballen gegen die Stirn.

„Dummkopf! Ich schleppe den Kerl doch nicht durch den Wald und füttere Tiere mit ihm, nur damit du deine Sommerresidenz wieder bekommst. Wir werden eben anderswo schlafen.“

Willi funkelte seinen Freund böse an. Knurrend schulterte er seinen Seesack und machte sich zum Abmarsch bereit.

„Also gut“, sagte er mürrisch. „Tiefer im Wald, den Stollenweg entlang, ist noch eine Hütte. Aber das ist ganz schön weit, kann ich dir sagen!“

Trotzig trat er gegen einen Stein, plötzlich blieb sein Blick auf etwas Glänzendem haften. Er richtete den Schein seiner Taschenlampe darauf.

„Ui! Eine Goldkette!“, rief er und hob sie auf. „Sieh mal, wie sie im Mondlicht glänzt. Da ist eine Gravur: Für meine Conny, in Liebe, Bert.“

„Lass sie liegen, vielleicht sucht jemand nach ihr.“

„Vielleicht auch nicht, vielleicht nimmt sie jemand anderes mit, dann kann ich sie auch gleich mitnehmen.“

Er ließ die Kette in der Tasche seines schäbigen Mantels verschwinden. Mit einem Mal hörte er ein Geräusch. Er drängte Frankie in die Büsche und sie verharrten mucksmäuschenstill zwischen dem dichten Blätterwerk.

„Mach die Lampe aus!“, flüsterte Frankie. Willi fummelte hektisch an dem Knopf herum, bis es dunkel wurde.

Ein Mann kam den Weg entlang. Er war um die vierzig, trug Jeans und eine schwarze Lederjacke. Über seiner Schulter hing eine braune Ledertasche. Mehrfach sah er sich verstohlen um, er schien sich davon überzeugen zu wollen, dass ihm niemand folgte. An der Hütte blieb er stehen und blickte überrascht auf den leblosen Körper.

„Verdammt, Bert“, entfuhr es ihm. Er lief zu ihm, kniete sich nieder, durchsuchte den Mantel der Leiche, fand aber nichts.

„Der sucht die Drogen“, kommentierte Willi das Geschehen.

„Halt die Klappe“, zischte Frankie. Leider war es zu spät. Der Mann hatte etwas bemerkt und kam auf die beiden zu. Er zog ein Springmesser und ließ es aufschnellen. Die Klinge blitzte im Mondlicht auf. Willi geriet in Panik und stürmte los, der Mann setzte ihm nach. Der Landstreicher hastete so schnell er nur konnte durch das Unterholz, doch der Mann war flink wie ein Wiesel. Er schloss auf, bekam Willi zu fassen und warf ihn zu Boden. Rittlings setzte er sich auf ihn. Willi fühlte das Messer an seinem Hals.

„Wer bist du?“, fragte eine Stimme neben seinem Ohr. „Hast du Bert kalt gemacht?“

„Ich habe niemanden kalt gemacht,“ wimmerte Willi.

„Nun sag schon, hast du dir den Stoff unter den Nagel gerissen?“

Die Klinge lag kalt und gefährlich auf Willis Kehle. Im nächsten Moment vernahm er ein Klirren und mehrere Scherben landeten neben ihm auf dem Boden. Eine kalte Flüssigkeit tropfte ihm ins Genick. Der Mann auf ihm sackte bewusstlos zusammen.

„Was war das?“, fragte der Landstreicher und versuchte sich von der Last zu befreien, die schwer wie ein nasser Sack auf ihm lag.

„Der Cidre“, antwortete Frankie. Er hielt nur noch einen Flaschenhals in der Hand. Willi rappelte sich auf und klopfte sich das Laub ab.

„Der Mann kannte den Toten“, stellte er fest. „Er hat ihn Bert genannt. Wie der Bert auf der Kette. Meinst du, es ist der selbe Bert?“

„Willst du jetzt Kommissar spielen?“

„Nein, aber dieser Mann hat eindeutig nach den Drogen gesucht. Sie müssen hier verabredet gewesen sein. In meiner Sommerresidenz!“

„Sein Mörder ist er aber anscheinend nicht, also lass uns nun verschwinden.“

Frankie wandte sich ab, doch Willi war damit nicht einverstanden. Er verschränkte seine Arme und blieb neben dem Bewusstlosen stehen.

„Was, wenn er nach uns sucht? Glaubst du, wir sind noch sicher? Wir sollten ihn wenigstens fesseln.“

„Und womit?“ fragte Frankie genervt.

„Mit Paketklebeband. Das habe ich neulich mal wo mitgehen lassen, weil ich meinen Regenmantel flicken wollte.“

Gesagt, getan, wenig später saß der Unbekannte in der Hütte, an die Wand gelehnt, noch immer bewusstlos und mit Klebeband verschnürt wie ein Rollbraten.

„Bist du jetzt zufrieden?“, fragte Frankie. „Können wir nun endlich gehen?“ Willi nickte, doch dann hielt er nochmals inne.

„Halt! Mir gefällt seine Ledertasche. Ich werde sie mitnehmen, als Entschädigung. Immerhin hat er versucht, mich umzubringen!“

„Dann nimm sie und komm!“

Willi hob sie auf und hängte sie sich um den Hals.

„Superschick, ich glaube das ist feinstes Rinderleder. Lass uns gehen.“

Dieses Mal war es Willi, der plötzlich von seinem Freund ins Gebüsch gedrängt wurde. Frankie legte einen Finger auf den Mund um ihm anzudeuten, dass er sich ruhig verhalten sollte.

„Da kommt schon wieder jemand“, flüsterte er.

Tatsächlich ertönte kurze Zeit später die schrille Stimme einer jungen Frau.

„Verdammt!“, schrie sie. „Ich muss diese dämliche Kette finden, sonst kommen mir die Bullen noch auf die Schliche." Ihre Stimme überschlug sich vor Aufregung.

„Conny, so warte doch! Im Dunkeln finden wir doch sowieso nichts.“

„Schon mal was von einer Taschenlampe gehört“, fuhr sie ihren Begleiter an. Pfennigabsätze hetzten klackernd über den betonierten Waldweg. Eine Frau in einem Jeansmini kam immer näher und suchte mit dem Lichtkegel ihrer Taschenlampe den Boden ab. Ihr folgte ein Mann in einem dunklen Anzug. Er konnte mit ihren energischen Schritten kaum mithalten.

„Wie willst du etwas finden, wenn du so rennst?“, fragte er.

Conny wurde immer panischer. Sie blieb vor der Hütte stehen, warf einen Blick auf den Toten und erschrak, als sie den anderen Mann sah.

„Du meine Güte, das ist Manfred!“, rief sie. „Mit ihm wollte sich Bert hier treffen. Es sollte danach aussehen, als wäre es zwischen den beiden zum Streit gekommen.“

Ihr Begleiter blickte skeptisch auf den gefesselten Mann.

„Es wird schwer zu beweisen sein, dass Manfred ihn niedergestochen hat, so wie er da sitzt.“

Conny starrte fassungslos auf die Szenerie in der Hütte.

„Jemand weiß es“, hauchte sie voller Furcht. „Jemand hat mich gesehen, als ich Bert aufgelauert habe. Jetzt will er mir eins auswischen. Er spielt Spielchen mit mir. Und du steckst mit drin.“

„Ich?“, fragte der Mann entrüstet. „Ich habe mit deinem Mord nichts zu tun.“

„Du bist mein Liebhaber, Hanno, du hast mich angestiftet. Alle werden das glauben und ich werde nicht das Gegenteil behaupten, wenn du mich jetzt im Stich lässt.“

„Vielleicht ist derjenige noch in der Nähe“, sagte Hanno. Er sah sich um und zog eine Pistole aus dem Jackett. Aufmerksam blickte er in die Büsche, spannte den Abzug und bewegte sich langsam vorwärts. Frankie und Willi stockte der Atem. Sie blickten sich ratlos an und versuchten, keinen Laut von sich zu geben. Erleichtert beobachteten sie, wie der Mann in die falsche Richtung lief. Conny duckte sich in eine Ecke der Hütte und zitterte. Ängstlich folgten ihre Blicke ihrem Liebhaber.

„Der macht uns alle, wenn er uns in die Finger bekommt“, flüsterte Frankie. „Und nur, weil der Herr unbedingt in seiner Sommerresidenz Leichen fleddern musste! Wenn du nicht so lange rumgemacht hättest, könnten wir schon über alle Berge sein. Wenn wir nur irgendwie abhauen könnten …“

Frankie verstummte. Der Mann kam wieder näher und erreichte schließlich die Gruppe von Büschen, in der die beiden sich versteckten. Er lief nur einen knappen Meter an ihnen vorüber, bemerkte sie jedoch nicht. Frankie wollte gerade erleichtert aufatmen, aber sein Freund stürzte aus dem Gebüsch und warf den Mann von hinten zu Boden. Ein Schuss löste sich, die Frau kreischte hysterisch auf und suchte das Weite. Frankie rannte zu seinem Freund, der auf dem Boden mit dem Mann rang. Der hatte noch immer die Pistole in der Hand. Frankie trat dem Mann geistesgegenwärtig auf das Handgelenk und die Pistole fiel zu Boden. Frankie schnappte sie sich und schlug sie dem Mann auf den Kopf. Bewusstlos sackte er zusammen.

„Wieso hast du das gemacht, du Trottel?“, fuhr Frankie seinen Freund an. „Warum hast du ihn denn angesprungen? Wir hatten draufgehen können!“

„Wolltest du vielleicht warten, bis er uns abknallt?“, verteidigte sich Willi, gänzlich überzeugt davon, dass er das Richtige getan hatte. „Angriff ist die beste Verteidigung, oder?“

„Er hätte uns doch gar nicht bemerkt!“

„Und was, wenn doch?“

Willi blickte mürrisch zu Frankie und zog das Klebeband aus der Tasche.

„Wir müssen sicher gehen, dass er uns nicht folgt. Ich schätze mal, die Frau kommt nicht wieder."

Wenig später hatte Hanno neben Manfred seinen Platz gefunden, bewusstlos und mit Paketklebeband zu einem Rollbraten verschnürt.

„Hatte er was Brauchbares bei sich?", fragte Willi.

„Nur fünf Euro in seiner Geldbörse und drei Kaugummis. Besser als nichts."

Willi zuckte mit den Schultern und zog das Goldkettchen aus der Manteltasche. Vorsichtig legte er es neben dem Toten nieder.

„Die Polizei kann es ja Conny geben, wenn die Kerle gefunden werden. Bestimmt werden sie mit ihr Kontakt aufnehmen. Wenn erst ihr Liebhaber unter Mordverdacht gerät, wird er sicher einiges über sie ausplaudern."

„So eine Aufregung", bemerkte Frankie kopfschüttelnd.

„Sonst ist hier nie so viel los, aber heute ging es zu wie in einem Taubenschlag. Schade nur um den Cidre."

„Schau doch mal nach, ob der Kerl was zu trinken in seiner Tasche hatte."

Willi öffnete den Reißverschluss und riss seine Augen weit auf. Er zog ein Bündel 50 Euro-Scheine heraus.

„Die Tasche ist voll davon! Das nenne ich mal eine Entschädigung!"

Frankie blickte in die Tasche voller Geld.

„Donnerwetter!"

„Dafür können wir Cidre in der Normandie schlürfen!", freute sich Willi. Frankie klatschte vor Begeisterung in die Hände und hüpfte aufgeregt auf der Stelle.

Willi schulterte seinen Sack.

„Komm mein Freund“, sagte er. „Die Welt wartet auf uns.“

So liefen die beiden fröhlich den Weg entlang in die Nacht hinein.

In den frühen Morgenstunden des nächsten Tages stand Inspektor Wangenroth von der Mordkommission fassungslos vor der Schutzhütte am Fasanerieweg. Gerade wurden dort zwei Männer aus ihren Fesseln aus Paketklebeband befreit. Die Leiche wurde auf einer Trage abtransportiert. Ein Kollege zeigte ihm ein Päckchen mit Kokain, das er in den Büschen gefunden hatte.

„Was hier wohl heute Nacht passiert ist?“, wunderte er sich.

„Wenn ich das nur wüsste“, erwiderte der Inspektor. „Ein Jogger hat das vor einer halben Stunde so vorgefunden und uns gerufen. Ich würde einiges darum geben, hier Mäuschen gewesen zu sein. Ich kann das Verhör kaum erwarten.“

Rache ist cremig

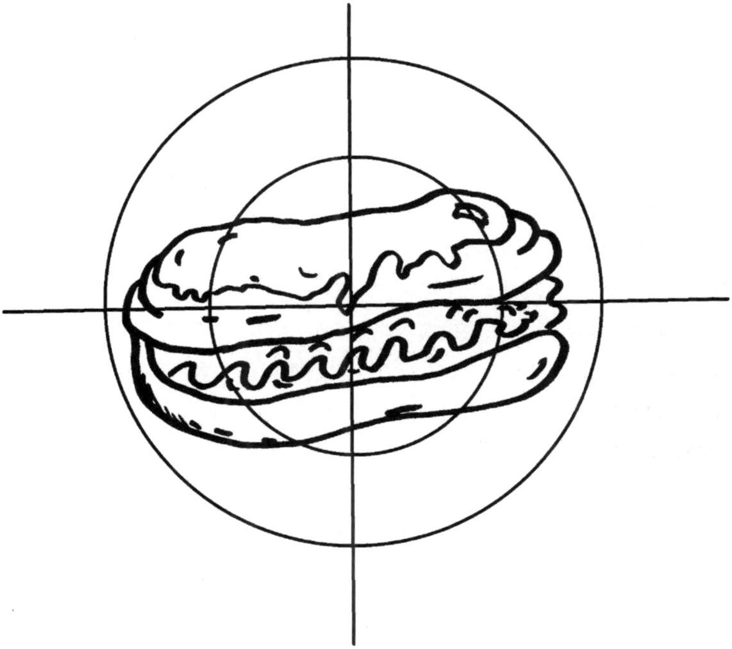

„Wie ich Ihnen bereits gesagt habe, war ich gerade dabei frische Eclairs in die Theke zu setzen, als dieser Typ mit der Skimaske hereingestürmt kam“, berichtete die rundliche Verkäuferin Kommissar Behrens mit tränenerstickter Stimme. Ein zweiter Beamter machte währenddessen pflichtbewusst Fotos vom Tatort, obwohl nicht mehr zu sehen war als eine leere Kassenschublade und ein blitzsauberer Verkaufsraum. „Er hat eine Waffe aus seinem Parka gezogen und direkt auf mich gerichtet. Dann hat er mich angebrüllt, ich solle alle Scheine in die Plastiktüte packen. Was hätte ich denn tun sollen?“

„Du hättest um Hilfe rufen können, du dumme Nuss. Ich hätte dem Bürschchen schon gezeigt, wo die Brezel den Knoten hat“, geiferte Bäckermeister Hummel, der mit verschränkten Armen neben den beiden im Verkaufsraum der Bäckerei stand. „Aber nein, du musstest ja alles rausrücken, was in der Schublade war. Hättest du statt Buttercreme Grips im Hirn, hättest du den Kerl mit ein paar Scheinen abgewimmelt“, sein Gesicht rötete sich vor Zorn.

„Beruhigen Sie sich endlich, Herr Hummel“, warf Kommissar Behrens ein. „Die gezückte Waffe deutet auf eine Gewaltbereitschaft hin, die man nicht unterschätzen darf. Außerdem gilt bei jedem bewaffneten Raubüberfall die Regel: der Täter darf niemals provoziert werden! Frau Neuss hat also genau das Richtige getan und darüber sollten Sie froh sein, denn schließlich hätte es Verletzte geben können.“

Doch Hummel ereiferte sich weiter. „Pah! Sie hat doch selbst gesagt, dass zu dem Zeitpunkt keine Kundschaft im Laden war. Sie hätte die Kasse also ruhig verteidigen können“, schrie er. „Aber was soll man schon erwarten von einer, die die Reaktion und den Körperumfang eines Walrosses hat?“

Die Augen der Beschimpften füllten sich wieder mit Tränen.

„Herr Hummel, mäßigen Sie sich, und unterlassen Sie die Beleidigungen gegenüber der Zeugin“, knurrte Behrens. „Sie stören durch Ihr Verhalten die Ermittlungen.“

Schnaubend gab der Bäckermeister klein bei, in seinen Augen aber blitzte es gefährlich.

„Also, Frau Neuss“, wandte sich der Kommissar an die Verkäuferin. „Ist Ihnen irgendetwas an dem Täter aufgefallen? War er besonders groß? Hatte er vielleicht einen ungewöhnlichen Dialekt?“

Die Frau tupfte sich mit einem Taschentuch über die Wangen und schüttelte den Kopf. „Nein“, hauchte sie. „Nichts, mir ist nichts aufgefallen. Es ging doch alles so schnell.“

„Klar, der geht ja immer alles zu schnell“, zischte Hummel. „Wüsste ich nicht, dass sie viel zu bequem dafür ist, würde ich behaupten, sie hat die ganze Sache eingefädelt.“

Der Kommissar blickte ihn fragend an. „Und was veranlasst Sie zu diesem schwerwiegenden Verdacht?“

„Ich finde es schon merkwürdig, dass dieses Phantom mit der Maske ausgerechnet heute hier auftaucht. Immerhin konnte kein Außenstehender wissen, dass mehr Geld in der Kasse war als an einem normalen Tag“, meinte der Bäcker grimmig und blickte dabei mit unverhohlener Gehässigkeit seine Verkäuferin an. „Vielleicht hat ihm ja jemand Bestimmtes was zugeflüstert, um dann Halbe-Halbe zu machen.“

„So eine Unverschämtheit! Mir das zu unterstellen, nach all den Jahren, die ich schon für Sie geschuftet habe. Noch nie hat auch nur ein Cent in der Ladenkasse gefehlt, das wissen Sie genau. Ich war immer ehrlich und korrekt! Außerdem pflege ICH keine Kontakte zu zwielichtigen Typen – was man von Ihnen allerdings nicht behaupten kann. Ja! Ich kenne Ihre Machenschaften, Herr Hummel“, gab Frau Neuss entrüstet zurück. „Ausgerechnet so einer wie Sie bezichtigt mich der Untreue? Was kann ich denn dafür, wenn Sie Ihre Schwarzgelder in der Wechselgeldkasse deponieren?

Behrens hob die Augenbrauen. „Schwarzgeld?“

„Herr Hummel beschäftigt Schwarzarbeiter in der Backstube, müssen Sie wissen, weil er zu geizig ist, richtige Fachkräfte einzustellen. Lauter schräge Vögel, die er nicht beim Fiskus und der Krankenkasse anmeldet. So geht das schon seit Jahren.“ Die Verkäuferin sah ihren Chef schmollend von der Seite an. „Und heute wollte er sie, wie immer am Ende des Monats, ausbezahlen. Daher das viele Geld in der Schublade.“

„Hm“, sagte der Beamte und machte sich weitere Notizen. „Sagen Sie, Frau Neuss, wenn Sie so gut über die illegalen Geschäfte Ihres Arbeitgebers Bescheid wissen, warum haben Sie dieses Vergehen nicht bereits früher gemeldet? Sie wissen, dass Sie dazu verpflichtet gewesen wären.“

„Er … er hat gedroht, es passiert was, wenn ich meinen Mund nicht halte“, wimmerte die Frau und presste sich die Hand gegen den Mund.

„Ich bitte Sie, Herr Kommissar, das ist ein Missverständnis. Ich würde doch niemals nicht das

Finanzamt betrügen“, versuchte Hummel die Situation zu retten. „Die Neuss hat da was in den falschen Hals bekommen. Die ist bloß eingeschnappt, weil ich sie auf den nächsten Ersten entlassen habe. Sie müssen mir glauben, lieber Herr Oberpolizeihauptkommissar, dass ich ihr gar nie nicht gedroht habe“, säuselte er mit honigsüßer Stimme und Dackelblick.

„Aha“, der Blick des Kommissars blieb ernst und wanderte hinüber zu der Verkäuferin. „Herr Hummel hatte Ihnen also gekündigt?“

Mit geröteten Wangen starrte sie auf ihre Schuhspitzen. „Ja, letzte Woche. Wir hatten uns mal wieder gestritten, denn er findet, ich sei zu dick geworden und daher keine gute Werbung für sein Geschäft. Dabei kommt die Kundschaft gerne zu mir, gerade weil ich von jeder Torte und jedem Gebäckstück weiß, wie es schmeckt. Aber Herrn Hummel ist so etwas ja egal, ständig musste ich mir seine Boshaftigkeiten wegen meiner Figur anhören.“

Nun wich die Verlegenheit der Verkäuferin einem Aufwallen ihrer verletzten Gefühle. „Klar, dass Herr Hummel lieber ein junges, unerfahrenes Ding hinter der Theke hätte, bei der es ordentlich was zu glotzen gibt und der er nur einen Bruchteil meines Stundenlohns bezahlen muss.“

Während Frau Neuss sprach, machte sich der Kommissar eifrig weitere Notizen, begleitet von gelegentlichen „Hms“ und „Ahas“. Hummel griff nach der Hand des Beamten und drückte den Notizblock nach unten. „Hey! Warum schreiben Sie das auf? Das hat doch gar nichts mit dem Raubüberfall zu tun. Machen Sie einfach nur Ihren Job und fangen Sie den

Verbrecher, wie es sich für einen ordentlichen Bullen gehört!"

Jetzt reichte es Behrens endgültig. Steuerhinterziehung, Nötigung und Beamtenbeleidigung. Dieser Hummel war wirklich ein unglaublicher Widerling. Er verstand sehr gut, dass Frau Neuss sich nicht als Schutzschild vor das Geld des Bäckermeisters geworfen hatte.

„Lassen Sie sofort meinen Arm los", forderte er Hummel auf, dem erst jetzt bewusst wurde, dass er einen Schritt zu weit gegangen war. „Aufgrund der neuen Informationen sehe ich mich gezwungen, Sie für eine ausführlichere Vernehmung mit aufs Revier zu nehmen, Herr Hummel. Außerdem werde ich veranlassen, dass Ihr Betrieb geschlossen bleibt, bis die Kollegen vom Zoll die Papiere Ihrer Mitarbeiter überprüft und die Leute von der Steuerfahndung einen Blick in Ihre Bücher geworfen haben!" Der Kommissar blickte dem Bäckermeister in die Augen und sagte mit fester Stimme: „Wie es scheint, gibt es hier mehr als nur einen Verbrecher, den der ordentliche Bulle fangen kann."

Der Kommissar winkte den zweiten Beamten herbei. „Bringen Sie Herr Hummel bitte zum Dienstfahrzeug, er wird uns aufs Revier begleiten. Ich komme nach, wenn ich den Tatort abgesichert und die Kollegen benachrichtigt habe."

Der Beamte nickte und gab dem Bäckermeister das Zeichen zum Abmarsch. Nur unter Protest ließ sich dieser aus dem Laden führen. „Was soll das? Das können Sie mit mir nicht machen", schrie er so laut, dass sich die Passanten auf der Straße umdrehten. „Ich bin doch hier das Opfer – ich verlange Gerechtigkeit!"

Behrens steckte seinen Notizblock weg und wandte sich Frau Neuss zu, die emsig damit beschäftigt war Törtchen und Cremeschnitten auf ein Blech zu setzen.

„Sie können gerne nach Hause gehen, Frau Neuss. Ich habe keine weiteren Fragen zum Raubüberfall“, sagte er betont freundlich. „Falls wir eine Aussage bezüglich der Delikte Ihres ehemaligen Chefs benötigen, werde ich Sie anrufen.“

Die Verkäuferin nickte und setzte ihre Tätigkeit fort.

„Was tun Sie da eigentlich?“, fragte Behrens interessiert. Sie sah ihn an und lächelte verlegen. „Wissen Sie, Herr Kommissar, die Ware ist ganz frisch. Darum werde ich alles in den Froster packen. Es wäre doch eine Schande, wenn etwas davon verderben würde. Herr Hummel mag zwar ein schlechter Mensch sein, aber seine Backwaren sind einfach himmlisch.“

„Ich glaube, Ihrem Chef war gar nicht bewusst, was für eine verantwortungsvolle Mitarbeiterin er an Ihnen gehabt hat, Frau Neuss“, lächelte er zurück und ließ sie gewähren. Es war eine Freude, zu beobachten, mit wie viel Respekt diese Frau die Feinbäckereien behandelte. Sie schien ihren Job wirklich zu lieben. Als sie das letzte Blech gerichtet hatte, nahm sie eine Gebäckzange, griff mit der Zielsicherheit eines geübten Genießers das Eclair mit der dicksten Mokkaglasur und setze es auf ein Papptablett.

„Für meine Nerven. Nach all der Aufregung brauch ich einfach was Süßes“, sagte sie und zwinkerte ihm zu. „Natürlich werde ich es bezahlen, schließlich soll Herr Hummel keinen weiteren Schaden erleiden.“

Behrens nickte verständnisvoll.

„Wollen Sie auch einen, Herr Kommissar? Ich lade Sie ein“, fragte ihn die Verkäuferin und hielt ihm einen der sahnestrotzenden Liebesknochen unter die Nase.

„Nein, das ist im Dienst nicht erlaubt“, wehrte er ab. „Aber gönnen Sie ihren Nerven ruhig das kleine Vergnügen, schließlich mussten Sie heute eine Menge durchmachen.“

Die Frau belegte das Sahnestück mit zartem Pergament und wickelte es dann sorgfältig in ein Papier. Dann säuberte sie die Theke und verriegelte gewissenhaft den Froster.

Nachdem sie gemeinsam den Laden verlassen hatten, verabschiedete sie sich freundlich von Behrens. Während der Kommissar noch die Ladentüre versiegelte, tippelte sie bereits die Straße hinunter, das Kuchenpaket wie einen Schatz gegen ihren üppigen Busen gedrückt.

„Was für ein netter Mensch, dieser Kommissar“, dachte Frau Neuss und stellte eine Tasse Kaffee neben das Kuchenpacket auf ihren Küchentisch. „Eigentlich ein Jammer, dass er das Phantom niemals fangen wird“, seufzte sie. „Auf jeden Fall nicht das, das die Bäckerei Hummel überfallen hat.“

Behutsam lüftete sie das Pergamentpapier und betrachtete einige Sekunden andächtig das verlockend aussehende Eclair. „Aber immerhin konnte ich dafür sorgen, dass ihm ein anderer Fisch ins Netz gegangen ist“, lächelte sie zufrieden. „Ein ganz besonders liederliches Exemplar noch dazu.“

Sie hob den glasierten Deckel von dem Gebäckstück, legte ihn zur Seite und tauchte genüsslich Daumen und Zeigefinger in die Mokkasahne.

„Ja, Rache ist süß …“, säuselte sie, während sie eine stramm gewickelte, in Frischhaltefolie eingehüllte Rolle Geldscheine aus der kalorienreichen Füllung fischte. Genüsslich leckte sie ihre Fingerspitzen ab. „… und cremig!“

Auf gute Nachbarschaft

Jakob entwich ein Klagelaut als er sah, wie die Blüten seiner englischen Edelrosen der Heckenschere zum Opfer fielen.

„He! Was machen Sie da?“, rief der alte Mann und stürzte auf seine Nachbarin Ellie zu. Die knorrige Dame registrierte zwar Jakobs entsetzten Ruf, fuhr aber unbeirrt mit ihrer Tätigkeit fort.

„Lassen Sie meine Rosen in Ruhe!“ Jeder Scherenschnitt versetzte Jakobs Seele einen Stich.

„Sie reichen einen halben Meter über den Gartenzaun und befinden sich damit auf meinem Grundstück“, erwiderte Ellie schnippisch. „Es ist mein gutes Recht sie zurückzuschneiden.

„Das ist es nicht!“, rief Jakob empört. „Den alten Tom haben die Rosen auch nie gestört.“

„Ich bin aber nicht der alte Tom, und ich mag keine Rosen. Bitte vergessen Sie nicht: sein Haus ist inzwischen mein Haus. Ihre Sonnenblumen habe ich übrigens auch schon abgeschnitten. Sie waren längst verblüht und hingen ebenfalls über den Zaun.“

„Was?“ Jakob blickte fassungslos zu den Blumen, von denen nur noch die Stängel kopflos in den Himmel ragten. „Ich wollte sie stehen lassen, für die Vögel!“

„Das auch noch! Sie locken diese kleinen Biester an, damit sie die Samenhülsen in meinen Hof werfen und ihn mit Unrat übersäen. Das brauche ich gerade noch!“

Jakob presste seine Lippen fest aufeinander und ballte seine Hände zu Fäusten. Seine Rosen und Sonnenblumen waren nicht mehr zu retten.

„Übrigens“, sagte Ellie. „Könnten Sie darauf verzichten, mit bloßem Oberkörper im Garten zu sitzen? Mir scheint es unangemessen in Ihrem Alter, und es ist mir peinlich, wenn Besuch kommt."

„Einen Teufel werde ich tun! Besuchen will Sie doch sowieso niemand!"

Jakob ließ sie stehen. Zähneknirschend verließ er sein Grundstück durch das Gartentor, lief an Ellies Grundstück vorüber und eilte durch den Vorgarten des nächsten Hauses, in dem sein Freund Walter lebte. Energisch klingelte er, bis ihm ein untersetzter Mann mit grauem Haarkranz öffnete. Jakob stürmte an Walter vorüber ins Haus.

„Ich werde sie umbringen!", schimpfte er. „Ich werde dieser Ellie ihren schrumpeligen Hals umdrehen!"

Walter nickte verständnisvoll.

„Meinen Segen hast du. Was hat sie dir denn nun schon wieder angetan?"

„Meine Rosen hat sie ruiniert! Meine Sonnenblumen hat sie geköpft! Außerdem ist ihr mein Oberkörper nicht hübsch genug. Das ist aber nur das, was sie heute verbrochen hat!"

Walter seufzte.

„Zu mir hat sie neulich gesagt, meine Gartenzwerge beleidigen ihr Auge. Angeblich lasse ich meine Kochgerüche immer absichtlich in ihr Fenster ziehen. Auf mein Wildblumenbeet am Zaun hat sie Unkrautvernichtungsmittel gekippt, weil die umherfliegenden Samen angeblich ihren getrimmten Rasen verunreinigen."

Jakob ließ sich kraftlos auf einen Stuhl sinken.

„Das waren noch Zeiten, als der alte Tom zwischen uns wohnte", sagte er schwermütig. „Da gab es so einen Stress nicht. Der gute Junge hat uns viel zu früh verlassen. Wenn wenigstens Olaf schnell genug gewesen wäre, das Haus zu kaufen. Er hatte es sich schon überlegt, aber diese Schnepfe ist ihm zuvorgekommen."

Walter starrte einen Augenblick ins Leere und grübelte angestrengt nach. Schließlich hob er den Kopf und blickte Jakob ins Gesicht.

„Noch ist nicht alles verloren, er könnte es immer noch kaufen."

Sein Freund schüttelte ungläubig den Kopf.

„Du glaubst doch nicht im ernst, dass dieser Drache zu Lebzeiten noch mal auszieht, und dieses Weibsbild ist so zäh, dass sie uns garantiert alle überlebt!"

„Nicht, wenn wir etwas nachhelfen …" Walter blickte nachdenklich aus dem Fenster.

Jakob starrte ihn an. „Du meinst …"

„Na, tu nicht so entsetzt! Gerade wolltest du sie doch noch umbringen. Das würde uns einen friedlichen Lebensabend sichern, Olaf könnte einziehen und unsere Skatrunde wäre wieder komplett."

„Das können wir doch nicht machen", sagte Jakob wenig überzeugend. Vor seinem inneren Auge sah er Ellie auf einem brennenden Scheiterhaufen stehen, während er und Walter um sie herumtanzten und ihr Rosen und Sonnenblumen zuwarfen. Walter bemerkte das sanfte Lächeln auf Jakobs Gesicht und verstand, dass sein Vorschlag angenommen wurde.

„Wie könnten wir es machen?", fragte Jakob entschlossen. „Vielleicht mit Gift?", erwiderte Walter. „Das Problem ist nur, wo sollten wir es hernehmen? Wir können schlecht mal eben schnell zum Supermarkt springen und Gift kaufen. In der Regel kommt man da nicht so leicht heran."

„Wir gehen in den Apothekergarten und pflücken ein paar giftige Schönheiten für unsere giftige Nachbarin. Du warst doch Chemiker. Bestimmt kannst du etwas zusammenmischen, das ihr den Garaus macht."

Walter nagte grübelnd an seinem Daumennagel. Giftpflanzen ... Da ließe sich schon etwas einrichten ... „Also gut", sagte er schließlich. „Lass das mal meine Sorge sein. Ich kümmere mich darum. Ich finde schon etwas."

Jakob zeigte sich begeistert.

„Und wie vergiften wir sie?", fragte er aufgeregt. „Ich weiß es. Wir schleichen uns in ihr Haus und vergiften einfach irgendetwas Essbares."

Walter schüttelte ungläubig den Kopf.

„Das klingt wunderbar einfach, wenn du das so sagst. Das ist es aber nicht. Wie sollen wir in ihr Haus kommen? Willst du auch noch einbrechen?"

„Nein, wir laden uns ein. Während sie einer ablenkt, sucht der andere nach einer Möglichkeit, das Gift irgendwo reinzumischen."

Walter lachte Jakob und seine absurde Idee aus.

„Wir laden uns zu ihr ein! Wovon träumst du nachts? Sie hasst uns."

„Wir plädieren auf gute Nachbarschaft und schmieren ihr Honig ums Maul. Wir werden vor ihr kriechen und sagen, dass uns das alles sehr leid tut. Sie wird das mögen, glaub mir. Wenn sie sich nicht darauf einlässt, versuchen wir es eben anders. Wir haben nichts zu verlieren."

Gesagt, getan. Nach ein paar Tagen trafen sich Walter und Jakob am späten Nachmittag vor Ellies Haustür.

„Hast du dabei, was wir brauchen?", flüsterte Jakob. Walter nickte.

„Ich werde irgendwann aufs Klo verschwinden, so als Vorwand", flüsterte er zurück. „Ich habe mein Mittelchen dabei." Er tätschelte eine kleine Flasche in seiner Jackentasche. „Und auch eine Spritze, falls ich eine brauchen sollte. Ich werde schon was finden, wo ich es hineinmischen kann."

Sie klingelten, kurz darauf öffnete die alte Dame mit skeptischem Blick die Tür. Überrascht bemerkte sie einen Strauß Margeriten und ein Päckchen in Geschenkpapier.

„Wir möchten uns entschuldigen", sagte Jakob. Er setzte einen demütigen Blick auf und überreichte ihr die Blumen. „Hier, weil Sie doch keine Rosen mögen."

Walter überreichte ihr sein Päckchen.

„Etwas Süßes, zur Versöhnung. Pralinen, ich hoffe, Sie mögen so etwas."

„Danke", sagte Ellie kalt, nahm Blumen und das Päckchen entgegen und versuchte, die Tür wieder zu schließen. Walter fuhr dazwischen.

„Ich dachte, vielleicht sollten wir uns einmal aussprechen, und alle Ungereimtheiten beseitigen. Wir könnten auf gute Nachbarschaft anstoßen. Ich habe einen wirklich guten, alten Cognac dabei. Er wird Ihnen munden."

„Bitte schlagen Sie uns diesen Wunsch nicht ab," mischte sich Jakob ein. „Wenn wir über unsere Vorstellungen über ein gemeinsames Zusammenleben Bescheid wissen, werden wir alle zufriedener sein."

Ellie musterte die beiden argwöhnisch. In ihrem Blick lag etwas, das Walter und Jakob den Schweiß auf die Nase trieb und ihnen Angst machte.

„Also gut,“ lenkte sie ein. „Kommen Sie halt rein.“

Sie führte die beiden in ein altmodisch eingerichtetes Wohnzimmer. „Setzen Sie sich an den Tisch dort, ich werde derweil Gläser holen.“ Sie verschwand aus dem Zimmer und kam kurz darauf mit einem Tablett wieder, auf dem drei Cognacschwenker standen. „Es ist eigentlich nicht meine Art um diese Zeit schon zu trinken, aber mir scheint, es dient einem guten Zweck.“ Walter reichte ihr den Cognac und sie schenkte ein.

„Auf gute Nachbarschaft,“ sagte Walter schließlich und hob sein Glas.

Ellie nahm die beiden beim Wort. Sie meckerte sich alles von der Seele, was die beiden ihrer Meinung nach falsch gemacht hatten. Das war eine ganze Menge. Walter hatte das Gefühl, ihre Anschuldigungen nur mit reichlich Cognac ertragen zu können und goss stetig nach. Jakob sagte kaum etwas. Er rollte ab und zu mit den Augen und wollte Einwände bringen, doch Walter trat ihm stets im rechten Moment gegen das Schienbein. Ellie sollte reden und sich sicher fühlen, dass die beiden ihre Fehler bereuten.

Bei der alten Dame machte sich langsam der Alkohol bemerkbar. Sie begann zu lallen, doch auch das hinderte sie nicht daran, weiter zu schimpfen. Walter stand endlich auf und fragte nach der Toilette. Sie wies ihm den Weg, und er taumelte davon. In der Küche fasste er sich. Er musste sich konzentrieren, es musste etwas geben, das für ihren Plan geeignet war. Was würde Ellie wohl als nächstes essen? Walter entdeckte Kompott in einer Schale, nur bedeckt mit etwas Frischhaltefolie. Jetzt oder nie, dachte er und wollte gerade nach dem Fläschchen in seiner Tasche greifen. Plötzlich wurde er von Ellie überrascht.

„Das ist die Küche“, sagte sie. „Die Toilette ist eine Tür weiter.“

Sie kramte im Schrank herum und tat es noch immer, als Walter nach einiger Zeit zurück kam. Schließlich zog sie eine Flasche Rum hervor.

„Damit wir nicht auf dem Trockenen sitzen“, sagte sie und lachte.

Zum ersten Mal hörte Walter sie lachen. Es klang wie das Knarren einer rostigen Türangel. Unverrichteter Dinge folgte er ihr und nahm einen kräftigen Schluck von dem starken Rum, der ihm in der Kehle brannte. Jakob blickte seinen Freund fragend an, Walter antwortete ihm mit einem kaum merklichen Kopfschütteln. Resigniert tranken sie weiter. Der Abend konnte lang werden, Ellie hatte noch viel zu meckern. Walter seufzte. Bestimmt würde irgendwann eine neue Gelegenheit kommen.

Am Morgen danach kam Jakob zu sich. Sein Kopf schien zerspringen zu wollen mit jeder kleinen Bewegung, die er machte. Vorsichtig richtete er sich auf und hatte schlagartig das Gefühl von einer Abrissbirne getroffen zu werden. Er lag auf dem Küchenboden, Walter neben ihm, Ellie etwa zwei Meter weiter. Jakob rüttelte an Walters Schulter, dieser gab ein Knurren von sich und richtete sich stöhnend auf.

„Was ist passiert? Wo bin ich?“, fragte er und sah sich verdutzt um.

„Wir sind noch bei Ellie, aber … verdammt, warum? Ich kann mich an nichts erinnern. Das Letzte in meinem Kopf ist die Flasche Rum, die sie geholt hat.“

„Das sieht nach deutlich mehr aus."

Walter wies auf das halbe Dutzend leerer Flaschen, das auf dem Tisch stand, daneben lag die Packung Pralinen, die er mitgebracht hatte. Sie war fast leer. „Ich kann mich auch an fast nichts erinnern. Ich vertrage sowieso nicht viel, aber das Gemecker konnte ich erst recht nicht ertragen."

Jakob kroch zu Ellie hinüber und rüttelte an ihr. Nichts passierte. Er schlug ihr auf die Wange, fühlte er ihren Puls. Im nächsten Moment wurde er bleich.

„Sie ist tot!"

Die beiden fühlten sich schlagartig ernüchtert.

„Oh mein Gott! Waren wir das?" Walter blickte erschrocken seinen Freund an.

„Ich weiß es nicht", sagte Jakob. „Ich habe einen totalen Filmriss!"

Walter griff nach dem Fläschchen in seiner Tasche und stellte fest, dass es zerbrochen war. „Mist, ich muss draufgefallen sein! Jetzt weiß ich nicht, ob ich etwas daraus entnommen habe, oder nicht."

„Was ist mit der Spritze?", fragte Jakob. Walter packte sie aus.

„Keine Ahnung, ob ich sie benutzt habe", sagte er.

Jakob versuchte, Herr der Lage zu werden.

„Wir müssen unsere Spuren verwischen," beschloss er. „Alles muss weg, das auf uns hinweist. Wir werden die leeren Flaschen in den Schrank stellen und unsere Fingerabdrücke abwischen. Nur die Flaschen mit dem Cognac und dem Rum lassen wir stehen, ein Glas und die Pralinen. Vielleicht noch ein Buch oder eine Zeitschrift, wenn wir so was finden. Dann sieht es so aus, als hätte sie sich alleine einen feuchtfröhlichen Abend gemacht."

„Was ist, wenn wir die Pralinen vergiftet haben?“, fragte Walter.

„Das glaube ich kaum. Es fehlen so viele. Sicher haben wir auch welche gegessen und wir leben schließlich noch.“

Trotz des schlimmen Katers machten sie sich daran, aufzuräumen, bis sie jeden Hinweis auf sich ausgelöscht hatten. Dann öffneten sie vorsichtig einen Vorhang, so dass Ellies Leiche vom Garten aus zu sehen war.

„Hast du in deinem Haus jeden Hinweis auf das Gift verschwinden lassen?“, fragte Jakob. Walter nickte.

„Ja, natürlich.“

„Gut, dann rufen wir gleich die Polizei und behaupten, wir hätten sie so vorgefunden, als wir nach ihr sehen wollten.“

Walter packte Jakob mit beiden Händen an den Schultern. Auf seinem Gesicht machte sich Panik breit.

„Was wenn wir es wirklich waren? Ich meine, warum sollte sie einfach tot umfallen? Da muss doch was gewesen sein! Die kriegen uns! Ich will nicht in den Knast!“

„Das hättest du dir früher überlegen müssen!“ Jakob ging es kaum besser. Er atmete tief durch und versuchte klare Gedanken zu fassen. „Beruhige dich“, sagte er. „Immerhin hatten wir vor, sie kalt zu machen. Im Grunde wären wir auch schuld gewesen, wenn alles nach Plan gelaufen wäre. Nun hat er eben einen kleinen Schwenker gemacht, an den wir uns nicht erinnern. Aber unser Ziel haben wir doch erreicht. Wer soll uns das nachweisen? Wahrscheinlich sieht keiner genau hin, und sei es drum. Diese alte Schachtel hatte sicher eine Menge Feinde. Selbst besoffen hat sie uns noch runtergeputzt wie ein Weltmeister!“

Stunden später stellte die Polizei Ellies Haus auf den Kopf. Jakob und Walter standen zusammen auf Walters Grundstück und beobachteten das Szenario über den Gartenzaun. Zwar waren sie froh darüber, bald wieder ihren Frieden zu haben, trotzdem beschlich sie die Angst, erwischt zu werden.

„Mensch“, flüsterte Jakob. „Die Beamten arbeiten auf beängstigende Weise gründlich bei der Spurensuche. Was, wenn wir etwas übersehen haben?“

Walter seufzte. „Zu dumm, dass Frau Weber von gegenüber den Beamten gesagt hat, dass sie Ellie gestern noch putzmunter und kerngesund im Schlosspark getroffen hat. Jetzt gehen die sicher nicht mehr von einer natürlichen Todesursache aus. Der Beamte hat uns ganz schön mit Fragen gelöchert.“

„Was, wenn wir zu unvorsichtig waren?“, sorgte sich Jakob. „Wir könnten Spuren hinterlassen haben, die für uns unsichtbar sind, die die Experten aber vielleicht finden. Diese Ungewissheit macht mich kirre. Wir wissen nun mal nicht, woran Ellie nun wirklich gestorben ist.“

Walter blickte wortlos zum Nachbarhaus hinüber. Die alte Frau wurde abtransportiert. Irgendwann kehrte wieder Ruhe ein, und Jakob wagte den Anruf bei Olaf, der sich umgehend das Haus sichern sollte. Bald würde alles wieder seinen gewohnten Lauf nehmen.

Nach ein paar Tagen kam Besuch von der Polizei. Walter war gerade bei Jakob, als der Inspektor an der Tür klingelte. Die beiden beschlich ein mehr als ungutes Gefühl.

„Wir hätten da noch eine Frage an Sie“, sagte der Inspektor. „Nachbarn wollen gesehen haben, dass sie Frau

Amber am Tag vor ihrem Tod aufgesucht haben. Am späten Nachmittag. Was wollten Sie denn von ihr?“

Die beiden alten Männer zuckten zusammen, doch Walter behielt einen kühlen Kopf.

„Wir haben ihr Blumen und eine Schachtel Pralinen gebracht, als Dankeschön, weil sie uns Kuchen gebacken hatte.“

„Waren das alkoholgefüllte Pralinen in Nussschokolade?“, fragte der Inspektor. Walter nickte zögernd. Der Inspektor schrieb einen Vermerk auf. „Ja, die haben wir in ihrer Wohnung gefunden“, sagte er.

Plötzlich klingelte das Handy des Inspektors. Er ging ran und lauschte.

„Ah,“ antwortete er dem Anrufer. „Wirklich? Die Pralinen?“

Die beiden Freunde wurden bleich. Sie blickten den Inspektor an wie einen Scharfrichter.

„Das war die Gerichtsmedizin“, sagte der Inspektor schließlich und steckte sein Handy ein. „Wir wissen jetzt, woran Frau Amber gestorben ist. Leider waren es Ihre Pralinen.“ Jakob und Walter wagten es nicht zu atmen. Sie verharrten in Schreckstarre vor dem Beamten.

„Was?“, fragte Jakob hilflos.

„Ihre Nachbarin war wohl leider etwas zu beschwipst, um zu bemerken, dass die Pralinen Nüsse enthalten, als sie sie gegessen hat. Sie ist an einem anaphylaktischen Schock gestorben, schneller, als sie Hilfe holen konnte. Ihr Hausarzt hat bestätigt, dass sie eine Allergie gegen Nüsse hatte.“

Walter schlug sich die Hand vor den Mund.

„Ach du meine Güte! Das haben wir nicht gewusst!“ Jakob fehlten die Worte, er sah den Inspektor entsetzt an. Der versuchte beruhigend zu lächeln.

„Geben Sie sich bitte nicht die Schuld an ihrem Tod. Sie haben es ja nur nett gemeint und sie hätte die Pralinen lieber gleich entsorgen sollen. Schließlich wusste sie von ihrer Allergie. Doch so betrunken, wie sie war, hatte sie sich anscheinend nicht mehr unter Kontrolle. Sie hat einfach nicht mehr gewusst, was sie tut.“

„Die Arme!“, sagten Jakob und Walter wie aus einem Mund und hofften, dass der Inspektor den Stein nicht hören konnte, der ihnen vom Herzen fiel.

Großputz

„Jetzt schau sich doch einer diesen unverschämten Lümmel an!“ Herr Pluschke lehnte sich, wie immer wenn seine Frau die Hausarbeit machte, aus dem Wohnzimmerfenster und bespitzelte die Nachbarschaft. „Und so was wohnt in unserer Straße!“

„Wen meinst du denn, Schatz?“, fragte seine Angetraute ohne ihre Arbeit zu unterbrechen.

„Frag doch nicht so dämlich, diesen versoffenen Mettmann von schräg gegenüber meine ich natürlich. Der lässt seinen Köter in jeden Vorgarten pinkeln, obwohl ich ihm schon hundertmal gesagt habe, dass das verboten ist. Und da! So eine bodenlose Frechheit!“

„Was denn, Schatz?“

„Jetzt kackt er auch noch in Griebachs Rosenbeet!“

„Mettmann?“

„Nein, sein Hund. Tust du nur so dämlich oder willst du mich etwa schon wieder ärgern?“, knurrte Pluschke und winkte nach seiner Frau. „Komm sofort her und schau dir diese Schweinerei an!“

Mit einem langen Seufzer stellte sie den Schrubber zur Seite, rollte sich die roten Gummihandschuhe von den Händen und kam zu ihm ans Fenster. Ihr Blick wanderte spontan nach schräg gegenüber, wo Frau Mettmann gerade ihre Balkonpflanzen goss. Hinter dem Rücken ihres Mannes lächelte sie ihr freundlich zu. So gute es mit ihrer lädierten Wange eben ging. Und Frau Mettmann lächelte ebenso freundlich zurück. So gut es mit einem blauen Auge eben ging.

„Da, siehst du? Dieses verdammte Mistviech!“, ereiferte sich Pluschke mit zornrotem Gesicht weiter. „Am liebsten würde ich den räudigen Kläffer abknallen! Jawohl! Es gibt sowieso zu viele von diesen Kacktölen in unserer Stadt. Wo man geht und steht - überall Hundehaufen. Ja, man sollte sie einfach abknallen. Alle!“

„Ich bitte dich, Schatz. So ein Hund ist auch ein Geschöpf Gottes und des Menschen bester Freund. Sein Wächter, sein Beschützer, Hüter von Haus und Hof. Das arme Tier kann ja schließlich nichts dafür, wenn es mal muss und sein Herrchen ihm keinen besseren Platz dafür bietet als Griebachs Rosenbeet. Das Problem liegt doch wohl am anderen Ende der Leine, wenn der Hundehalter dann nicht mal eine Puputüte benutzt, um die Hinterlassenschaften seines Lieblings zu entfernen.“

„Da könntest du ausnahmsweise mal Recht haben, Weib. Vielleicht macht Mettmann das ja mit Absicht, um mich zu provozieren.“ Pluschke kaute aufgebracht auf seiner Unterlippe herum, während seine Frau sich die Gummihandschuhe wieder überzog.

„Das wäre möglich“, sagte sie nachdenklich. „Schau doch, wie frech er zu dir herüber grinst. Sicher glaubt er, er kann tun und lassen was er will.“

Mittlerweile prangten Pluschke die Zornesadern dick wie Wasserschläuche auf der Stirn. „Ja, genau! Dieser verdammte Mettmann! Eine Schande für die ganze Straße ist der! Ich hätte größte Lust, diesen Mistkerl einfach abzuknallen!“

Lächelnd nahm seine Frau das alte Repetiergewehr über der Anrichte aus seiner Halterung, polierte kurz über den Nussholzschaft und reichte es ihrem Mann. „Wieso sich immer alles gefallen lassen? Dem sollte wirklich mal jemand Respekt beibringen, Schatz.“

Während Frau Pluschke sich, nach dem Abzug der Polizei, daran machte die Schmauchstellen von der Fensterbank zu wischen, war ein Reinigungstrupp dabei die Blutspuren vom Gehweg zu entfernen. Unglaublich, wie frisch die alten Steinplatten plötzlich wirkten. Griebachs Rosenbeet kam richtig gut zur Geltung.

Selig lächelnd, die welken Blüten ihrer Balkonpflanzen zupfend, winkte Frau Mettmann mit roten Gummihandschuhhänden herüber und Frau Pluschke winkte ebenfalls rot behandschuht zurück. Wie gut, dass sie sich regelmäßig im Supermarkt getroffen hatten. Den Großputz miteinander abzusprechen war wirklich kein schlechter Einfall gewesen!

Und … nachdem das traute Heim nun vom gröbsten Unrat befreit war, stand ihrem gemeinsamen Wellnussurlaub in diesem hundefreundlichen Hotel am Bodensee nichts mehr im Wege.

Der einzige Zeuge

Willi, der Wirt der Dorfschänke, hetzte wütend über die nächtliche Weide. Noch bevor der Schäfer Robert den unerwarteten Besucher registriert hatte, traf ihn auch schon dessen wutgeladene Rechte am Kinn.

„Spinnst du, mir das Gesundheitsamt auf den Hals zu hetzen?", rief Willi. „Streite bloß nicht ab, dass der anonyme Anruf von dir kam! Die machen mir glatt den Laden dicht, Mann!"

„Na und? Das geschieht dir recht! Du hast meinen Schäferhund überfahren!"

„Das war ein Versehen."

„Ein Versehen?" Jetzt machte der Schäfer einen Satz auf Willi zu und versetzte ihm einen heftigen Stoß. „Besoffen fährt man eben nicht Auto. Das Finanzamt wird auch noch interessante Dinge von mir hören, das kannst du mir glauben. Und nun verschwinde!"

Robert wandte sich ab. Willi sah eine gusseiserne Laterne auf dem Boden stehen. Er nahm sie und bewegte sich langsam und lautlos auf den Schäfer zu, der ihm den Rücken zugekehrt hatte. Im nächsten Moment holte er aus und schlug ihm die Laterne mit aller Kraft auf den Kopf. Robert sackte zusammen und blieb leblos liegen. Der Wirt sah auf ihn herab. Er beobachtete, wie eine erschreckend große Menge Blut aus dem Schädel quoll und langsam im Gras versickerte.

Plötzlich bemerkte er das Schaf, das vor ihm stand. Bernsteinfarbene Augen blickten vorwurfsvoll auf ihn und die blutige Laterne. Willi versuchte, ihm keine Bedeutung beizumessen und stellte die Laterne zurück auf den Boden. Doch dann hielt er inne. Was, wenn er seine Spuren daran hinterlassen hatte? Besser er nahm die Laterne mit und verschwand, bevor noch jemand hier aufkreuzte. Noch einmal zog das Schaf seinen Blick auf sich, das Zeuge seiner Gräueltat geworden war. Es starrte ihn an und blökte missbilligend. Willi taumelte einen Schritt rückwärts. Da trafen ihn die Hörner eines Bocks an der Hüfte und stießen ihn zu Boden. Schnell rappelte er sich auf und nahm die Laterne wieder in die Hand, die ihm heruntergefallen war. Er wollte in die andere Richtung fliehen, doch auch dort hatten sich Schafe versammelt, die anklagend blökten. Er war umzingelt!

„Was wollt ihr von mir?“, rief er und hielt die Laterne fest im Griff, jederzeit erneut als Waffe einsetzbar. Leider musste er einsehen, dass die Schafe in der Überzahl waren. Langsam bekam er Angst.

„Ihr werdet mich doch nicht …?“ Willi rannte los. Er stürmte durch die Schafherde und floh. Der wütende Mob aus kuschelweicher Wolle nahm die Verfolgung auf. Der Wirt hetzte über die nächtliche Weide, doch die Schafe blieben ihm dicht auf den Fersen. Sie kamen immer näher. Immerhin waren sie es gewöhnt, sich auch nachts auf der Weide aufzuhalten, während Willi auf jeden seiner Schritte achten musste. Seine Gedanken rasten. Die Herde wollte Rache nehmen am Mörder ihres Schäfers, und er war ihr hilflos ausgeliefert! Im nächsten Moment schoss ihm in den Kopf, wie albern er sich benahm. Angst vor Schafen zu haben, war selten dämlich. Willi stoppte und wirbelte herum. Er ging zum Angriff über.

„Verschwindet!“, rief er und fuchtelte wild mit den Armen herum. „Haut ab!“

Die blökende Menge blieb stehen, wich aber keinen Millimeter zurück. Nur der Bock stieß aus der Herde hervor, rannte auf Willi zu und warf ihn erneut zu Boden. Die Schafe versammelten sich um ihn. Der Wirt schaute in ihre Gesichter, mit Angstschweiß auf seiner Nase. Wieder stand er auf und rannte davon. Die Herde ließ sich nicht abschütteln. Nach einiger Zeit erreichte Willi die Scheune am Waldrand, in der sich sein Lokal befand. Gleich daneben lag sein kleines Haus. Zum Glück lebte er etwas abseits, so bekam niemand etwas von seiner misslichen Lage mit. Nichts hätte sich Willi mehr gewünscht, als Hilfe, doch er hätte niemandem erklären wollen, wie er den Unmut der Schafe auf sich gezogen hatte. Er stürmte durch den Vorgarten, stocherte nervös mit dem Schlüssel am Schloss herum bis er endlich das Loch fand und schloss die Tür auf. Als sich die ersten Schafe in seinen Vorgarten drängten, schlug er die Tür hinter sich zu und versuchte, wieder zu Atem zu kommen.

Die Schafe konnten nicht ewig warten. Wie klug konnten die Tiere sein? Schon in wenigen Minuten würden sie sich kaum mehr erinnern können, warum sie überhaupt hier waren und zurück zur Weide laufen. Dort würden sie vergessen, was passiert war. Immerhin waren es Schafe, und die jagten weder Verbrecher, noch wurden sie zu Killern, um Rache an Mördern zu nehmen. Willi lachte über seine eigene Dummheit und seine unbegründete Angst. Nein, Schafe jagten keine Mörder. Mörder. Willi wiederholte das Wort in Gedanken. Er war zum Mörder geworden. Doch hatte er eine andere Wahl gehabt? Das Gesundheitsamt machte ihm nun schon genug Ärger, wenn Robert auch noch das Finanzamt über seinen Steuerbetrug aufgeklärt hätte, wäre er am Ende ins Gefängnis gekommen. Er stellte die Laterne auf den Küchentisch. Morgen, wenn die Schafe fort waren, würde er sie irgendwo vergraben, wo man sie nie wieder fand. Wer sollte ihm auf die Schliche kommen? Roberts Verrat war anonym gewesen. Bei ihrem Streit hatte es keine Zeugen gegeben. Keine Zeugen, außer dem Schaf, das die ganze Herde nun gegen ihn aufgehetzt hatte. Willi sah aus dem Fenster. Noch immer stand die Herde im Garten, inzwischen vollzählig. In erster Reihe verharrte das Zeugenschaf und blickte ihn an. Der Bock, der ihn angegriffen hatte, zerstörte gerade ein Blumenbeet, indem er mit seinen Hufen darin umherstapfte. Zwei andere Schafe knabberten an den preisgekrönten Rosen. Der Racheakt einer sonst so lammfrommen Spezies. Willi konnte den Anblick nicht länger ertragen. Er lief ins Schlafzimmer, zog sich aus und legte sich ins Bett. In der einsamen Finsternis überfiel ihn das Bewusstsein, etwas wirklich Schlimmes getan zu haben, für das es keine Entschuldigung gab. Nie hätte er geglaubt, zu einem Mord fähig zu sein, und doch hatte er Robert getötet. Ihn überkam ein schlechtes Gewissen. Es war eine gerechte Strafe, dass auch Roberts liebliche, wollige Wesen sich aufrafften, um etwas zu tun, zu dem sie sonst nie fähig waren. Sie würden ihn niedertrampeln, angestachelt von dem Zeugenschaf und angeführt von dem wütenden Bock. Wer wusste, ob es dieser blökenden Meute nicht sogar gelang, ins Haus zu kommen. Willi vernahm mit einem Mal ungewöhnliche Geräusche. Das Schaben von Hufen an der Tür, ein Rumsen. Vermutlich versuchte der Bock, die Tür einzurennen. Willi zog sich die Decke über den Kopf. Er sah sie vor seinem geistigen Auge, die Killer auf Hufen. Sie trieben ihn in die Enge bis er zu Boden sank und um Gnade flehte, dann trampelten sie über ihn, ein Mörderschaf, zwei Mörderschafe, drei Mörderschafe …

Willi erwachte am nächsten Morgen schweißgebadet. Er richtete sich schwerfällig auf und wankte in die Küche. Beim Anblick der blutigen Laterne holte ihn schlagartig die Erinnerung ein. Was hatte er nur getan? Zögernd schaute er hinaus in den Garten. Ihn traf fast der Schlag. Noch immer stand die Herde vor dem Haus, das Zeugenschaf in erster Reihe. Der Bock trampelte die letzten Äste der ruinierten Hecke nieder.

Willi entfuhr ein Schrei. Er brauchte Hilfe, ohne Zweifel! Diese Schafe würden ihn fertig machen, sobald er nur einen Schritt vor das Haus tat. Selbst wenn er sich für den Rest seines Lebens einschließen würde, wie sollte er erklären, dass die Schafe in seinem Vorgarten standen, während ihr Schäfer tot auf der Weide lag und sich die Tatwaffe in seinem Haus befand?

Zitternd wählte Willi die Nummer der Polizei und bat darum, dass die Beamten so schnell wie möglich kommen sollten. Bewaffnet, versteht sich.

Nur wenige Minuten später fuhr das Polizeiauto vor und zwei verwirrt blickende Polizisten stiegen aus. Wachtmeister Rosig kämpfte sich allein durch die blökende Schafherde und zwängte sich anschließend durch den winzigen Spalt, den Willi seine Tür geöffnet hatte. Der Wirt führte ihn in die Küche.

„Was zum Teufel ist hier los?", fragte Rosig. Er bemerkte die blutige Laterne.

Willi ließ sich kraftlos auf einen Stuhl sinken.

„Ich habe den Schäfer umgebracht. Erschlagen, mit seiner eigenen Laterne. Ich habe sie mitgenommen und wollte sie verschwinden lassen. Aber seine Herde … Dieses eine Schaf war der einzige Zeuge bei dem Mord. Aber es hat die anderen angestiftet, sich an mir zu rächen. Sie sind mir gefolgt und lassen mich nicht in Ruhe. Dieser Bock hat mich umgerannt, wollte mich zu Tode trampeln und jetzt hat er seine Wut an meinem Garten ausgelassen. Nehmen Sie mich fest. Aber beschützen Sie mich vor diesen Mörderschafen!“

Der Wachtmeister machte ein betroffenes Gesicht.

„Robert ist tot?“ Er seufzte wehmütig. „Wissen Sie, er war ein Freund von mir. Manchmal habe ich nach Feierabend auf seiner Weide mit ihm Karten gespielt. Robert hatte seine Schafe darauf dressiert, dass sie dieser Laterne folgen. Wo auch immer Robert sie abstellte oder aufhängte versammelte sich die Herde, weil er die Schafe immer bei der Laterne gefüttert hat. Dieser Trick kam ihm besonders zu Gute, nachdem sein Hund tot war.“

„Warum hat mich der Bock angegriffen?“

„Kumulus? Der ist fast blind. Er rennt immer dorthin, wo er etwas blöken hört, ansonsten läuft er ziellos durch die Gegend. Die Schafe wollten Ihnen nichts tun. Aber trotzdem haben sie Roberts Mörder überführt. Ist das nicht erstaunlich?“

Ordnung muss sein!

Wie jeden Samstag fuhr Herr Böll mit dem Regionalexpress zu seinem geliebten Schrebergärtchen am Stadtrand. Dabei schätzte er es sehr, einen Platz in Fahrtrichtung zu belegen und beim gleichmäßigen Rattern der Räder aus dem Fenster zu träumen.

Ebenso sehr schätzte er es, wenn alles um ihn herum seine Ordnung hatte, was man besonders seinem tadellos gepflegten Garten ansah. Bölls ganzer Stolz waren seine wertvollen Austin-Rosen. Dass sie in diesem Jahr trotz intensivster Pflege Ungezieferbefall aufwiesen, konnte nur die Schuld seines neuen Gartennachbarn sein. Wie oft hatte Böll ihn schon auf die Einhaltung der Schrebergartenverordnung hinweisen müssen? Auf das regelmäßige Mähen der Grünfläche, das Befolgen der vorgeschriebenen Kulturauswahl und das Einhalten des satzungskonformen Pflegezustandes seines Gartens?

Aber nein, dieser törichte Mensch ließ sich einfach nicht belehren. Verteidigte Wildwuchs und Chaos auch noch als naturnah und ökologisch wertvoll.

Und nun zeigte sich das erschreckende Ausmaß dieser Schluderei: Fraßstellen an Bölls Rosenblättern, absterbende Blütenknospen. Schädlinge machten sich breit, denen er mit herkömmlichen Mitteln nicht mehr Herr wurde.

Wollte Böll also seine Rosen vor dauerhaften Schaden bewahren, musste er zur Selbsthilfe greifen. Wie gut, dass er in seinem Keller einen längst vergessenen Schatz gefunden hatte. Eine Waffe, mit der er allem störendem Ungeziefer ein für alle Mal den Garaus machen konnte. Mochte sein unkrautverliebter Nachbar lamentieren wie er wollte. „Ordnung muss sein“, murmelte er und streichelte gedankenverloren über den mit Gartenutensilien gefüllten Weidenkorb auf seinem Schoss.

Voller Vorfreude träumte Herr Böll von ungezieferfreien Blumenrabatten, während sich hin und wieder die Türen der Bahn öffneten, neue Fahrgäste zu- oder ausstiegen. Solange sie zügig Platz nahmen und sich still verhielten, ignorierte er im Allgemeinen ihre Anwesenheit. Tobten jedoch Kinder durch die Gänge oder beschmierte jemand die Sitze, sah er sich durchaus auserkoren, die Missetäter zu maßregeln.

Just an diesem Samstag erregte ein junger Mann Bölls Missfallen, der an seiner vorletzten Haltestelle herein gesprungen kam. Haare und Gesicht waren blauweiß beschmiert. Farben, die sich auf seinem Schlabbershirt wiederholten, das den Aufdruck eines Fußballvereines trug. Argwöhnisch beobachtete Herr Böll, wie dieser unmögliche Mensch seine Beine auf die Sitzpolster legte und laut johlend die Hymne seiner Lieblings-Mannschaft schmetterte.

Eine ältere Dame verließ fluchtartig das Abteil. Die Mutter mit dem Kleinkind auf dem Arm, die direkt hinter dem Störenfried saß, rief ihn zwar zur Ruhe auf, erntete dafür aber derart derbe Beschimpfungen, dass sie ebenfalls das Weite suchte.

Nun war Herr Böll alleine mit ihm diesem Teil des Zuges. Der junge Mann musterte ihn und verzog verächtlich die Mundwinkel. Für einen Augenblick herrschte eisiges Schweigen. Als dieser Flegel darauf aber eine Schachtel Zigaretten aus seiner Hosentasche zog und sich eine davon ansteckte, sah sich Böll genötigt, ihn endlich in die Schranken zu weisen. Entschlossen erhob er sich und ging zu ihm hinüber.

„Können Sie nicht lesen, junger Mann?“, fragte er und deutete auf die Hinweisschilder über den Sitzreihen. „Dies ist ein Nichtraucherabteil! Außerdem ist das Beschmutzen der Sitze ebenso untersagt wie jegliche Form der Lärmbelästigung. Ich fordere Sie auf, sich an diese Vorschriften zuhalten oder …“

„Oder was, Opa?!“ Der Fußballfan war aufgestanden. Er überragte Böll um mindestens einen Kopf und sah mit arrogantem Grinsen auf ihn herab. Provokativ ließ er seinen Bizeps spielen, der selbst unter dem weiten Shirt deutlich zu erkennen war. „Mich interessiert‘s einen Scheiß, was da steht. Vorschriften sind was für Spießer. Und jetzt verpiss dich, Alter“, blaffte er zurück, machte mit der Hand eine obszöne Geste und blies seinem Gegenüber eine dicke Qualmwolke ins Gesicht.

„Was sind Sie nur für ein unverschämter Bursche! Hat man Ihnen denn keine Manieren beigebracht?“, schimpfte Herr Böll hustend.

„Ach, halt die Klappe!“, schnaubte der Mann abfällig und gab Herrn Böll einen so kräftigen Stoß gegen die Brust, dass dieser das Gleichgewicht verlor und nach hinten strauchelte. Dabei entglitt seinen Händen der Weidenkorb, der zu Boden fiel und umkippte. Eine Glasflasche kullerte heraus, die dem jungen Mann direkt bis vor die Füße rollte.

„Sieh einer an: Schnaps“, grinste der Stänkerer und hob sie auf. Schadenfroh ließ er den wasserklaren Inhalt hin und her schwappen. „Da sieht man es mal wieder … Der Alte spielt hier den Moralapostel, dabei ist er ein heimlicher Schluckspecht!“

Herr Böll wollte etwas erwidern, doch als der Mann die Flasche aufdrehte und zum Mund führte, legte sich ein Lächeln auf seine Lippen.

Schon nach wenigen Schlucken riss er die Flasche wieder herunter. Seine Augen weiteten sich, er griff nach seiner Kehle und begann zu röcheln. Das blauweiße Gesicht schmerzverzerrt, starrte er Böll fassungslos an.

„Ich weiß, Sie halten nichts von Vorschriften, junger Mann", sagte Böll mit erhobenem Zeigefinger. „Aber dieses Mal hätten Sie sie vielleicht doch beachten sollen."

Panisch huschte der Blick des Mannes auf das rot umrandete Etikett der Flasche. Ein kleiner schwarzer Totenkopf prangte darauf, daneben stand in dicken Lettern: Vorsicht Gift!

Im selben Augenblick ging er keuchend in die Knie.

„Ja, ja. Das gute, alte, unvergällte E605. Und ich hatte fast befürchtet, es hätte nach all den Jahren seine Wirkung verloren", freute sich Böll unschuldig lächelnd. Dann nahm er ihm die Flasche ab und drehte den Verschluss zu. „Wir wollen doch nicht, dass etwas davon auf das Polster kleckert. Ich sagte ja bereits, dass das Beschmutzen der Sitze verboten ist", erklärte er dem Kraftprotz, der sich in Krämpfen zu winden begann. „Ordnung muss schließlich sein!"

Sorgfältig sammelte Böll die verstreuten Gartenutensilien ein und verstaute alles wieder ordentlich in seinem Weidenkorb. Als der Zug kurz darauf an der Haltestelle bei der Gartenkolonie stoppte und Böll ausstieg, drang ein ersticktes Würgen aus dem Wagen, dann schlossen sich die Türen. Voller Tatendrang schlug er den Weg zu seinem Schrebergärtchen ein, schließlich gab es noch mehr Schädlinge, die er aus der Welt schaffen musste.

Gewiefte Räuber

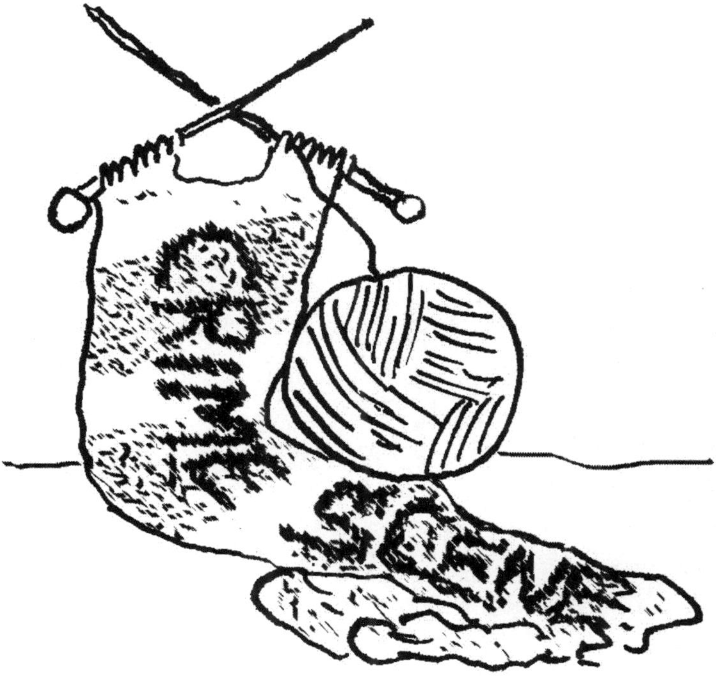

Agathe Walter und ihre Freundin Rosemarie verließen vergnügt das Theater. Die beiden alten Damen hatten den gleichen Heimweg, ihre Reihenhäuser lagen nebeneinander. Also schlenderten sie gemeinsam durch die abendliche Stadt.

„Das war wirklich ein gelungenes Stück", freute sich Rosemarie. „Ich muss mich nochmals bedanken, dass du mich eingeladen hast."

„Keine Ursache", antwortete Agathe. „Eingeladen ist das falsche Wort, immerhin habe ich die Karten gewonnen. Ich weiß doch, wie sehr du Schillers „Räuber" magst. Deswegen habe ich auch gleich an dich gedacht. Ich wusste, du würdest mitkommen."

„Dann bedanke ich mich fürs Mitnehmen. Da hattest du aber Glück mit dem Preisausschreiben."

„Du wirst lachen", sagte Agathe. „Ich kann mich gar nicht mehr erinnern, überhaupt irgendwo mitgespielt zu haben. Aber oft ist es bis zum Einsendeschluss so lange hin, dass man gar nicht mehr daran denkt. Meistens gewinnt man ja sowieso nicht."

Als die beiden an Agathes Gartentor kamen, blieb Rosemarie noch eine Weile zum Plaudern stehen. Agathes Nachbarin war immer bestens informiert über den Klatsch und Tratsch ihres Stadtteils. Außerdem wusste Rosemarie immer viel Neues aus ihrer großen Familie zu berichten. Dieses Mal erzählte sie von der Einschulung ihrer jüngsten Enkelin und von der Beförderung ihres Schwiegersohns.

„Ach, weißt du was?", fragte Agathe nach ein paar Minuten. „Warum sollen wir den Abend nicht gemütlich ausklingen lassen? Komm doch noch mit hinein, ich koche uns einen Tee. Schließlich müssen wir nicht hier auf der

Straße stehen, um uns zu unterhalten, wenn drinnen ein bequemes Sofa steht."

Rosemarie war sofort begeistert. Agathe zog den Schlüssel heraus und schloss die Tür auf. Als sie das Licht anknipste, entfuhr ihr ein Ausruf des Entsetzens. Auch Rosemarie riss entsetzt die Augen auf und schlug sich die Hände vor den Mund. Ihnen bot sich ein Bild des Schreckens. Die ganze Wohnung war verwüstet worden. Überall lagen Einrichtungsgegenstände herum. Schubladen und Schranktüren standen offen, Agathes Kleidung war aus den Schränken gerissen worden und einige Porzellangegenstände lagen in Scherben auf dem Boden.

„Hier ist jemand eingebrochen!", kommentierte Rosemarie das Geschehen. „Wir müssen sofort die Polizei rufen."

Wenig später tummelten sich einige Beamte in der Wohnung und suchten nach Spuren. Agathe und Rosemarie saßen auf dem Sofa und gaben dem Inspektor zu Protokoll, was passiert war. Ein junger Polizist kam vom ersten Stock herunter und gesellte sich zu ihnen. „Der Täter kam durch die Balkontür", berichtete er dem Inspektor. „Er ist vermutlich am Rankgitter der Pflanzen hinaufgeklettert und hat dann mit einem Glasschneider die Scheibe bearbeitet. So konnte er durch das Loch greifen und die Tür öffnen. Den Glasschneider haben wir gefunden, aber es sind keine Fingerabdrücke darauf. Die üppige Balkonbepflanzung hat den Täter zusätzlich vor den Blicken anderer geschützt."

„Haben Sie sonst wo Fingerabdrücke gefunden?", fragte der Inspektor.

„Nein, nur die von Frau Walter. Ich schätze, der Einbrecher war ein Profi und hat darauf geachtet, nirgendwo Spuren zu hinterlassen."

„Meine Güte, das ist alles so fürchterlich", jammerte Agathe. „Man hört ja viel, aber man rechnet nie damit, dass es einen selbst trifft." Sie tupfte sich mit einem Taschentuch ihr Gesicht ab. „Mein ganzer Schmuck ist weg, das Tafelsilber und meine Rente für diesen Monat. Ich hatte sie in einer Keksdose im Küchenschrank aufbewahrt." Sie schluchzte. Rosemarie legte tröstend ihren Arm um sie.

„Es wird alles gut", sagte sie. „Du bist doch versichert, und dir wird der entstandene Schaden ersetzt. Diese Diebe haben wirklich einen seltsamen Sinn für Humor. Schicken auch noch Karten für „Die Räuber"!"

„Aber der Schrecken! Und all der Ärger. Sieh doch nur meine Wohnung an! Die alten Erbstücke und meinem Schmuck sehe ich nie wieder! Wenigstens haben sie mir meinen Fernseher und mein Radio gelassen. Vermutlich ist das alles schon zu alt, als dass es sich zum Mitnehmen lohnt."

„Haben Sie denn Fotos von dem Schmuck oder dem Tafelsilber?", fragte der Inspektor. „Das könnte uns helfen, die Dinge wiederzufinden." Agathe nickte schluchzend.

„Aber ja, es wird nur mühsam sein, all die Fotoalben danach zu durchsuchen. Vorerst kann ich Ihnen alles beschreiben. Es waren ein paar sehr wertvolle Stücke dabei." Wieder schluchzte sie.

„Sie sagten, dass sie Theaterkarten gewonnen haben", sagte der Inspektor. „Ich fürchte, Sie sind dabei auf einen sehr alten Trick hereingefallen. Die Täter suchen sich ein Opfer aus, bei dem es etwas zu holen geben könnte. Sie verschicken Eintrittskarten für eine Veranstaltung, die angeblich ein Gewinn sind, und wenn die Bewohner außer Haus sind, schlagen sie zu. Es kam in letzter Zeit häufiger in dieser Stadt vor, und stand sogar in der Zeitung. Es fallen immer wieder Leute darauf herein, besonders ältere Mitbürger, die sind oft nicht vorsichtig genug, und naja, manchmal auch sehr naiv.“

Agathe blickte ihn traurig an.

„Ist Ihnen denn in den letzten Tagen etwas aufgefallen?“, fragte der Inspektor. „Ein Verdächtiger vielleicht, der hier herumschlich?“

„Jetzt wo Sie es erwähnen … Es kam ein Mann, der für einen Zirkus sammelte. Er war jung, vielleicht 25, groß und mit roten Haaren. Aber er war so freundlich. Ich weiß wirklich nicht, ob er etwas damit zu tun hatte. Allerdings habe ich gerade das Silber poliert, als er an der Tür klingelte. Er könnte etwas bemerkt haben.“

„Wir werden das berücksichtigen“, erwiderte der Inspektor. „Jede Spur hilft uns weiter.“

Als die Beamten ihre Arbeit erledigt hatten, verließen sie Agathes Haus. Auch Rosemarie verabschiedete sich.

„Wenn du möchtest, bleibe ich heute Nacht bei dir“, bot sie an.

„Danke, das ist lieb vor dir“, antwortete Agathe. „Aber ich komme schon klar.“

Sie schloss die Tür hinter ihrer Freundin und schob den Vorhang am Fenster beiseite. Rosemarie verschwand in ihrem Haus und die letzten Streifenwagen fuhren ab.

Agathe stieg in den Keller hinab. Sie ärgerte sich über den Inspektor. Von wegen alte Leute sind naiv, was bildete sich dieser Schnösel eigentlich ein? Natürlich las sie Zeitung und wusste, was in der Welt vor sich ging. Immerhin hatte sie der Bericht über die Trickbetrüger erst auf diese Idee gebracht. Agathe schob im Kellerregal einige Einmachgläser zur Seite und holte ihr Tafelsilber hervor. Die Schmuckschatulle holte sie aus der Tiefkühltruhe und die Keksdose aus der Kartoffelkiste. Einen Glasschneider zu bedienen war nun wirklich nicht schwer. Nein, der Inspektor würde sich wundern, welche Energie in so einer alten Dame noch steckte.

Agathe begann damit die Wohnung aufräumen, die sie zuvor selbst verwüstet hatte. Ihr Blick fiel auf einen Reisekatalog in der Zeitungsablage. Später würde sie ihn gemütlich bei einer Tasse Tee durchblättern. Während sie die Scherben aufhob, dachte sie an die Kreuzfahrt, die sie machen würde, sobald die Versicherung gezahlt hatte.

Der Kartoffel-Crètin

Sie sah von dem Haufen aus erdigen, braunen Schalen auf und blickte durch die offene Tür in den Nebenraum. Dort hing ihr Mann schief und schwerfällig in einem Sessel. Er war eingenickt. Angewidert und doch fasziniert blieb ihr Blick an ihm haften. In diesem ausgebeulten, braunen Jogginganzug wirkte er mit seinem massigen Körper wie die Kartoffel in ihrer Hand. Nicht mehr ganz frisch, mit einer leicht schrumpeligen Schale und kraftlos in sich zusammengesackt. Die zu kurz wirkenden Arme und Beine sprossen wie wulstige Triebe aus der unförmigen Masse im braunen Kleid. Seine Augen verschwanden zwischen fleischigen Hügeln in seinem gebräunten Gesicht.

Zu Hause ließ er sich immer gehen. Anderswo war er Geschäftsmann, konnte durchaus charmant sein. Aber sie war es ihm schon lange nicht mehr wert, sich zu bemühen.

Sie legte die letzte Kartoffel in den Topf und griff nach dem Spargel. Frischer, knackiger Spargel, hochgewachsen und schlank, mit zarter, weißer Haut und einem wohlgestalteten Haupt. Wie seine neue Mitarbeiterin, nach deren Parfüm er so oft roch. Deren Namen er flüsterte, wenn er träumte. Er war nicht gerade attraktiv, aber er verstand es, Geschenke zu machen. Nicht ihr, nur jungem Gemüse, bei dem es noch lohnte. Und der Spargel wusste, dass der Weg nach oben durch das Erdreich führte, das Reich der Kartoffel.

Energisch glitt das Schälmesser über die langen Wurzeln, bis die erste dabei enthauptet wurde. Sie lachte. All die Demütigungen würden ein Ende haben. Bald.

Sie stellte die Kartoffeln auf und beobachtete zufrieden für eine Weile, wie sie sich in den kochend heißen Fluten wanden. Wie es blubberte und spritze. Es war ihr eine Freude, das Gleiche mit dem Spargel zu tun. Noch blieb er standhaft, in seinem hohen Topf im schmalen Gitter, doch nur wenig später sackte er schwach und kraftlos ein. Mit dem Spargel konnte sie gnädig sein. Seine Zeit kam und ging. Er war nur ein Strohfeuer im Frühling.

Lächelnd zupfte sie Kräuter aus den Töpfen auf der Fensterbank. Sie rochen herb und frisch, so wie der freundliche junge Mann im Apothekergarten, der so viel über all die Pflanzen wusste. Der ihr die giftigen, gar tödlichen Schönheiten nähergebracht hatte und der sie gewarnt hatte, wovon sie besser die Finger lassen sollte. Sie hatte sie nicht davon gelassen.

Erneut blickte sie hinüber zu der schlafenden Knolle. Niemand würde Fragen stellen. Nicht bei seiner gesundheitlichen Verfassung.

Mit großer Begeisterung nahm sie ein Messer und schnitt die noch heißen Kartoffeln in Scheiben. Sie bettete das abgebrühte Gemüse in eine Auflaufform. Kartoffeln und Spargel lagen innig Seite an Seite, in kochender Leidenschaft bis zum Gipfel der Genüsse. Sie wusste, dass dies nicht zum ersten Mal in diesem Haus passierte. Nicht das erste Mal, aber das letzte Mal.

Wie ein seidenes Laken floss die Sahnesoße über Kartoffeln und Spargel. Die Sahne machte das Gericht zu reichhaltig für ihre Diät. Die Diät, mit der sie sich seit Wochen bemühte, wie der Spargel zu werden, nur um eine Kartoffel zu beeindrucken. Eine Kartoffel mit wilden Trieben. Sie war kein Spargel, so fein und edel, sie würde nie einer sein. Sie war wie der Speck, den sie anbriet, würzig und herzhaft. Sie war es eigentlich, die mit der Kartoffel harmonieren sollte, die die Kartoffel mit fleischlichen Verlockungen krönen sollte. Er hatte seine Chance gehabt. Wahrscheinlich würde es ihn noch nicht einmal wundern, dass sie nichts aß. Er missachtete sie seit Jahren. Er belog und betrog sie, er behandelte sie wie einen armseligen Regenwurm, einen Eindringling im Revier, der nur dazu diente, seine Umgebung zu pflegen.

Sie streute den Speck über den Auflauf, um Kartoffel und Spargel die traute Zweisamkeit zu verderben. Dann gab sie Kräuter darauf und ihre spezielle Würzmischung, die nur heute zum Einsatz kommen sollte. Nur dieses eine Mal, für eine ganz besondere Kartoffel. Der würzige Käse legte sich wie ein Deckmantel der Verschwiegenheit über das Geheimnis des Auflaufs.

Seufzend ließ sie ihn im Backofen verschwinden. Wenn er gleich aufwachte, würde er großen Appetit haben. Das letzte Mal in seiner Saison.

Die wunderbare Welt der Schwerkraft

Es gab eine Sache die für Konstantin Klipp wirklich von Bedeutung war: seine Ruhe.

Und die pflegte er allabendlich in seinem Lesezimmer zu finden, dessen Wände bestückt waren mit Mahagoniregalen, jedes davon gefüllt mit edlen Büchern.

Bis zu jenem Abend, an dem Konstantin Klipp die Tür zu seinem Heiligtum öffnete und einem schwitzenden, schnaufenden Feind gegenüberstand.

Von da an war für ihn nur noch eines von Bedeutung: seine verlorene Ruhe mit allen Mitteln zurück zu erobern!

Herr Klipp stand, die Türklinke fest umklammert, an der Schwelle zum Lesezimmer.

„Was in aller Welt tust du da?“, fragte er seine Frau, die auf einem Trimmrad saß und kräftig in die Pedale trat.

„Das siehst du doch, ich trainiere“, keuchte sie.

Er blickte sie verwirrt an. „Aber warum im Lesezimmer? Das ist nun wirklich kein geeigneter Ort für sportliche Aktivitäten. Du tätest besser daran, dein Trimmrad in Wintergarten zu stellen. Dort hättest du einen schönen Ausblick und frische Luft“, sagte er, Fürsorge heuchelnd.

Ungeachtet seiner Einwürfe strampelte Frau Klipp verbissen weiter. „Im Wintergarten? Ich bitte dich, sei vernünftig!“

Er schritt umständlich an ihr und ihrem Foltergerät vorbei, nahm das Buch in die Hand, das auf dem Rauchtisch neben dem Ohrensessel gelegen hatte, und ließ sich mit einem lauten Seufzer nieder. „Was spricht denn eigentlich gegen meinen Vorschlag?“

Sie ließ die Pedale ausschwingen und richtete sich auf. „Sollen sämtliche Nachbarn sehen, dass ich trainiere? Sollen sie denken ich hätte das jetzt nötig, nur weil ich über 50 bin? Du wirst doch verstehen, dass dies der perfekte Ort ist, um meinem Figurproblem zu Leibe zu rücken."

Sie hob eine Braue an, ihre Augen verengten sich zu schmalen Schlitzen. Dazwischen zeichnete sich eine tiefe, senkrechte Falte ab, die sich bis zur gerunzelten Stirn hinauf zog. Konstantin Klipp hasste es, wenn ihr Gesicht diesen Ausdruck annahm. Er hielt sich das Buch wie ein Schutzschild vors Gesicht. Ein leichtes Schwindelgefühl und aufkommende Übelkeit befielen ihn.

Wie oft in den letzten 25 Jahren hatte er klein beigegeben, nur um diesem Blick zu entkommen?

Das erste Mal, als er Bedenken gegen die Heirat äußerte. Dann, als sie sich in diese völlig überteuerte Jugendstilvilla vernarrt hatte. Oder damals als sie beschloss, dass es besser sei ihrer Figur zuliebe auf Kinder zu verzichten. Konstantin Klipps Augen brannten, solange starrte er schon auf dieselbe Seite. Er musste mehrmals blinzeln, bis die Buchstaben vor ihm wieder einen Sinn ergaben: das Leben des Galileo Galilei.

Während ihr Redeschwall ihn überflutete, legte sich ein Lächeln auf seine Lippen. Dann senkte er das Buch und sah sie an. „Du hast natürlich Recht, mein Schatz. Dies ist der perfekte Ort, um das Problem zu lösen."

Am nächsten Abend nahm sich Herr Klipp ein Buch über „Kinetische Energie in der klassischen Mechanik" aus dem Regal. Entspannt saß er in seinem Sessel, während seine Frau sich auf ihrem Trimmrad schwitze, schweigend in seine Lektüre vertieft. Hin und wieder beobachtete er sie über den Buchrand hinweg, aufmerksam, als berechnete er etwas.

Den darauf folgenden Tag suchte er nach der Arbeit ein Geschäft für Jagdbedarf auf, wo er eine Rolle Angelschnur erwarb. Am Abend überraschte er seine Frau mit den Worten: „Das Training scheint dir gut zu tun, du wirkst bereits viel schlanker. Weißt du was? Ich werde das Lesezimmer ein wenig umräumen, damit du dich freier bewegen kannst.“

Selbstgefällig hob sie den Kopf. „Da siehst du, wie gut es war, dass ich dich mal wieder zur Vernunft gebracht habe.“

Kurz darauf drang emsiges Rumoren aus dem Raum. Herr Klipp rückte das Sportgerät in einen rechten Winkel zum Bücherregal und vermaß dabei präzise den Abstand zwischen dessen Tretlager und der Oberkante des Regals.

Nun nahm er die Angelschnur, schnitt sie auf eine exakt berechnete Länge zu und deponierte sie in der Schublade seines Rauchtischs. Danach begann er, die Bücher in Regal ihrer Dicke und Schwere nach von oben nach unten anzuordnen, wobei er sie gleichzeitig weiter nach vorne schob.

Zufrieden lächelnd betrachtete er sein Werk. Sein Lächeln wich auch nicht, als seine Frau an diesem Abend ein Transistorradio mit ins Lesezimmer brachte, um zum Rhythmus der Musik in die Pedale zu treten.

Am nächsten Tag verspürte Herr Klipp eine nie gekannte Vorfreude. Sowie sich seine Frau aufmachte, um sich umzuziehen, griff er sich eine Reißzwecke aus der Küche und verschwand im Lesezimmer. Er nahm die Angelschnur aus der Schublade, knotete das eine Ende um das Tretlager, führte sie vom Trimmrad weg, das Bücherregal entlang nach oben, wo er das andere Ende zu einer Schlaufe band und um die Reißzwecke legte. Diese drückte er ins Holz, bis sie so fest saß, dass selbst ein kräftiger Zug sie nicht lockern konnte.

Eine kleine Melodie summend ging er zum Telefon und rief seinen Nachbarn an. Kaum hatte er den Hörer aufgelegt, erschien auch schon seine Frau im bunten Trainingsanzug und meinte: „Weißt du, Konstantin, ich habe überlegt, ob es nicht besser wäre, wenn wir zu zweit trainieren. Schließlich könnte dir etwas Sport auch nicht schaden."

Die steile Falte zwischen ihren Augen ließ bereits erahnen, dass sie dabei war zu einem vernichtenden Schlag auszuholen. „Findest du nicht auch, es wäre eine gute Idee, dein Lesezimmers komplett zu einem Fitnessraum umzugestalten?"

Das Läuten der Türglocke erlöste ihn davon, ihren Blick weiter ertragen zu müssen.

„Unser Nachbar? Was will der denn hier? Und das ausgerechnet jetzt! Wenn er mich in diesem Aufzug sieht, sinke ich vor Scham in den Erdboden", sagte seine Frau erschrocken, doch ihr Mann beruhigte sie. „Keine Bange, ich werde aufmachen und mit ihm reden. Fang du ruhig schon mit deinem Training an, keiner wird dich stören."

Sie nickte grimmig und huschte ins Lesezimmer.

Herr Klipp öffnete die Haustüre. „Guten Abend mein Lieber", begrüßte er sein Gegenüber so laut, dass man es im ganzen Haus hören konnte. „Was führt Sie zu uns?"

„Na, Sie haben mich doch selbst herüber bestellt“, sagte dieser erstaunt. „Wegen des Busches, der über den Gartenzaun wuchert und ihre Rosen unterdrückt.“

„Natürlich, der Busch“, antwortete Herr Klipp leise. „Kommen Sie, wir gehen durch den Wintergarten, besagte Stelle liegt hinterm Haus.“

Er führte ihn hinein und blieb dann stehen. „Sie verstehen sicher, dass ich Ihre wertvolle Pflanze nicht ohne Rücksprache beschneiden wollte, oder?“

Sein Nachbar setzte gerade zu einer Antwort an, da erschütterte ein lauter Schlag das Haus.

„Was war das?“, rief er und schaute Herrn Klipp mit großen Augen an. Der zuckte mit den Schultern und hob die Hände.

„Keine Ahnung! Aber ich glaube, aber es kam aus dem Lesezimmer! Kommen Sie, wir werden mal nachsehen was passiert ist!“

Herr Klipp stürmte los und riss die Tür zum Lesezimmer auf. Sein Entsetzen war nicht geheuchelt, als er seine geliebten Bücher zerfledert auf dem Boden liegen sah, verstreut um das umgestürzte Regal, unter dem die Arme seiner Frau heraus schauten.

„Oh Gott! Schnell, rufen Sie Hilfe! Das Telefon steht im Hausflur!“, rief er. Sein Nachbar reagierte in Panik und rannte hinaus.

Das gab ihm Gelegenheit, die Reißzwecke aus dem Holz zu ziehen und verschwinden zu lassen. Die Angelschnur hatte sich, nachdem sie wie berechnet gerissen war, vollständig ins Tretlager eingewickelt.

Schon wenige Minuten später trafen Polizei und Rettungskräfte ein. Als sie mit vereinten Kräften das Bücherregal hochstemmten und Herr Klipp den leblosen Körper seiner Frau sah, begann er laut zu schluchzen. Einer der Polizisten führte ihn zu seinem Sessel, ein anderer schoss Fotos vom Unfallort, während der Notarzt den Tod seiner Frau feststellte.

„Genickbruch“, flüsterte der Arzt dem Polizisten zu und überreichte ihm den Totenschein. „Sieht mir nach einem tragischen Unfall aus.“

„Ja, das denke ich auch“, sagte der Beamte und rieb sich das Kinn. „Der Zeuge bestätigt, dass Frau Klipp alleine im Raum war, als es geschah. Sicher hat das Ruckeln ihres Trimmrades Schwingungen ausgelöst, die das Regal in Wanken brachten. Folglich ist sie ein bedauernswertes Opfer der Schwerkraft.“

Konstantin Klipp nahm Taschentuch mit dem er sich die Tränen von den Wangen gewischt hatte und hielt er es vor den Mund, aber nur um sein Grinsen zu verbergen, das er kaum noch unterdrücken konnte.

Siedlungsfest

Trude Hilbert und ihre Schwester Berta betraten den geräumigen Gemeindesaal der Rosentalsiedlung. Die meisten der Bewohner waren bereits anwesend und tauschen den neusten Klatsch und Tratsch aus. Die Siedlung, in der die beiden alten Damen lebten, feierte heute ihr 70jähriges Bestehen. Auf dem Buffet türmten sich die leckersten Süßspeisen und feinsten Häppchen, auf der Bühne bezog der Flötenkreis der hiesigen Grundschule gerade Stellung. Noch weitere Programmpunkte versprachen ein fröhliches Fest: der Kürbisschnitzwettbewerb, Vorführungen der Tanzgruppe und ein Basar des Handarbeits- und Basteltreffs.

Trude erblickte an einem Tisch ihre Kegelfreunde, das Ehepaar Kramer, den Gemüsehändler Frisch und Lucy Bernstein, eine wohlhabende Witwe. Herr Kramer winkte und deutete auf die beiden Plätze, die er freigehalten hatte. Trude und Berta drängelten sich durch das Getümmel und nahmen schließlich bei ihren Freunden Platz. Nach einer kurzen Begrüßung klärte Frau Kramer die beiden auf, worüber sie eben gesprochen hatten.

„Wir reden gerade über die Einbruchserie im Westend“, sagte sie. „Das ist wirklich eine beunruhigende Sache. Habt ihr auch davon gehört?“

„Wer hat das nicht?“, fragte Trude und goss sich ein Glas Wasser ein. „Es ist ja in aller Munde. Die Zeitungen waren voll davon.“

„Das müssen wirklich dreiste Diebe sein,“ bemerkte Lucy Bernstein. „In der Zeitung stand, dass sie sich nicht nur an Bargeld, Tafelsilber und Schmuck vergriffen haben, sondern auch an den frisch gebackenen Keksen, die in einem der Häuser auf dem Küchentisch standen.“

„Das ist wirklich frech!“, stimmte Frau Kramer zu und schüttelte empört den Kopf. „Stell sich das doch einmal einer vor. Am Ende kommt man nach Hause, und nicht nur die Wohnung, sondern auch der Kühlschrank wurde geplündert! Wenn es nicht so traurig wäre, wäre es ja fast komisch!“

Frau Bernstein nickte zustimmend.

„Es muss schon ein schlimmer Schrecken sein, Opfer eines Einbruchs zu werden. Man kann nie wissen, ob nicht vor dem eigenen Haus Diebe auf der Lauer liegen und nur darauf warten, dass man es verlässt.“ Mit einem Mal wurde sie bleich. „Wisst ihr, woran ich gerade denken muss?“, fragte sie in die Runde. „Unser Siedlungsfest müsste doch eigentlich für solche Diebe ein gefundenes Fressen sein. Alle Bewohner der fünf Straßen sind hier im Gemeindesaal. Die Häuser stehen leer und sind unbewacht.“

Jetzt bekam auch Frau Kramer einen Schrecken.

„Meine Güte! Ja! Es wurde doch so viel über das Fest geschrieben. An so was hätte ich gar nicht gedacht.“

„Jetzt ist es zu spät“, sagte Berta. „Wir sind alle hier. Wer weiß, wer sich in diesem Moment an unseren Häusern zu schaffen macht!“

Frau Bernstein bekam vor lauter Aufregung rote Flecken im Gesicht. „Das macht mir jetzt wirklich ein mulmiges Gefühl“, sagte sie. „Hoffentlich habe ich alles richtig abgeschlossen.“

„Wenn die Diebe reinkommen wollen, dann kommen sie irgendwie rein“, erwiderte Trude gelassen. „Da hält sie ein Schloss sicher nicht auf.“

„Mein Sparbuch!“, rief Frau Bernstein. „Mein Schmuck! Ich glaube, ich gehe lieber nochmal nach Hause und schaue nach dem Rechten. Vielleicht kann ich die wichtigsten Sachen im Keller verstecken.“ Sie stand auf und eilte davon.

Auch Frau Kramer wurde immer unruhiger.

„Herbert, was meinst du? Sollen wir nicht lieber auch mal nachschauen, ob alles in Sicherheit ist?“

„Jetzt macht doch nicht die Pferde scheu“, antwortete Gemüsehändler Frisch. „Es wird schon alles in Ordnung sein.“

„Nein,“, widersprach Frau Kramer. „Herbert, lass uns lieber nachsehen. Seit diese Sache im Raum steht, ist mir ganz flau im Magen.“

Herr Kramer rollte genervt mit den Augen und seufzte.

„Ich werde wohl keine ruhige Minuten haben, bis du deinen Willen hast, oder täusche ich mich?“

Frau Kramer stand auf und überreichte ihrem Mann seine Jacke. Eine Geste, die mehr sagte, als Worte.

Gemüsehändler Frisch blickte zu Trude und Berta, die seelenruhig am Tisch saßen und sich über die Knabbereien hermachten.

„Macht ihr beiden euch keine Gedanken?“, fragte er.

Trude zuckte mit den Schultern.

„Ich habe den ganzen Morgen in der Küche gestanden, jetzt will ich mich amüsieren“, sagte sie. „Außerdem spielt unsere Großnichte im Flötenkreis mit. Die Vorführung beginnt gleich. Wenigstens das wollen wir uns ansehen.“

Der Flötenkreis spielte beliebte Volksweisen, angereichert mit vielen schrägen Tönen, aber auch mit dem Ehrgeiz aufstrebender, junger Musiker. Trude und Berta lauschten ihrer Großnichte, die sogar ein Solo spielen durfte und applaudierten hinterher so laut sie nur konnten. Danach ließen sich es sich am Buffet schmecken.

Weder das Ehepaar Kramer noch Lucy Bernstein kamen zurück zum Fest. Schließlich verabschiedeten sich auch Berta und Trude von Gemüsehändler Frisch und machten sich auf den Nachhauseweg. Unterwegs hörten sie eine Polizeisirene, die ein paar Blöcke weiter ertönte.

„Ob doch etwas passiert ist?“, fragte Berta. Ihre Schwester blickte die Straße entlang ihrem Haus. Davor parkte ein Lieferwagen, den sie noch nie zuvor gesehen hatten. Als sie an ihrem Gartentor ankamen, stellten sie fest, dass es weit offen stand. Auch die Haustür war nur angelehnt.

„Ich bin sicher, dass ich sie abgeschlossen habe“, bemerkte Trude. Sie lauschte, ob Geräusche aus dem Haus drangen. Alles war still. Trude warf ihrer Schwester einen viel sagenden Blick zu und stieß mit dem Fuß vorsichtig die Tür auf. Gemeinsam gingen sie langsam vorwärts, stets auf der Hut vor plötzlichen Angreifern. Zuerst sahen sie im Wohnzimmer nach. Einige Schubladen standen offen, ein paar Gegenstände lagen auf dem Boden. Auch in Trudes Schlafzimmer herrschte eine Menge Unordnung. Die ganze Wäsche war aus dem Schrank gerissen und über den Boden verteilt worden. Trude seufzte. Die Einbrecher hatten ihnen offenbar wirklich einen Besuch abgestattet. Gemeinsam mit ihrer Schwester lief sie durch den Flur in die Küche. Dort blieben die beiden alten Damen stehen und lächelten zufrieden. Vor ihnen auf dem Boden lagen zwei große, kräftige Männer mittleren Alters. Neben ihnen lag ein Sack mit Diebesgut. Auf dem Tisch stand ein angeschnittener Kuchen.

„An meinem frisch gebackenen Schokoladenkuchen kann eben niemand vorbeigehen“, sagte Trude stolz und hob das angebissene Stück auf, das neben einem der Einbrecher lag.

„Habe ich dir nicht gesagt, dass das Schlafmittel, das ich wegen meiner starken Ischias-Schmerzen bekommen habe, auch einen Ochsen betäuben würde?“, erwiderte Berta.

„Für zwei verfressene Diebe hat es jedenfalls gereicht“, sagte Trude grinsend. Sie zog ihr Handy aus der Handtasche und wählte die Nummer der Polizei. „Wenn die beiden wieder zu sich kommen, dann dürfte ihnen gründlich der Appetit vergehen. Dann steht nämlich für eine ganze Weile Gefängniskost auf dem Speiseplan.“

Der Postkartenmörder

Es war einer jener Julitage, wie sie so prachtvoll nur an der Westküste Schleswig Holsteins möglich sind. Blauer Himmel, Sonnenschein und eine sanfte Meeresbrise.

Dennoch konnte Nora Schmitt ihren Urlaub in Westerland nicht wirklich genießen. Missmutig saß sie auf der Terrasse des „Vier Jahreszeiten" vor einem unberührten Frühstück. Die Schlagzeile der Sylter Rundschau - „Postkartenmörder schlägt wieder zu!" - lag ihr schwer auf dem Magen. Auch in dieser Nacht war eine junge Frau auf dieselbe Weise umgebracht worden: Auf dem Rückweg vom Tanzen brutal erwürgt! Das dritte Opfer binnen eines Monats und jedes Mal erhielt die Polizei nach der Tat eine Postkarte, mit der Sehenswürdigkeit, an der die Leiche zu finden war.

Mit dieser Vorgehensweise hatte der Täter bereits letzten Sommer das Seebad St. Peter Ording in Angst und Schrecken versetzt. Im Laufe der Saison waren ihm dort sechs Frauen zum Opfer gefallen, ohne dass man ihn dingfest machen konnte. Keine Spuren, keine Fingerabdrücke, keine Zeugen.

Nora seufzte und blickte über den Rand ihrer Zeitung hinweg Richtung Meer. Dass dieser Irre reihenweise Unschuldige dahingemeuchelt hatte, war ohnehin schrecklich genug. Aber warum musste er ausgerechnet jetzt und auf Sylt damit weiter machen? Wo sie sich doch so lange auf diesen Urlaub gefreut hatte!

Nicht nur, dass das sprunghaft angestiegene Polizeiaufgebot dem ansonsten so idyllischen Ort den Charme eines Gefängnistraktes verlieh. Nein, es kam noch dicker! Nach einigen filmreifen Verhaftungen war der Flirtfaktor in Westerland praktisch auf Null gesunken. Denn die männlichen Singles übten sich in Zurückhaltung, um ja nicht ins Visier der Polizei zu geraten.

Der Ausdruck „sexuelle Frustration“ kam ihr in den Sinn.

„Ist das Frühstück nicht nach Ihrem Geschmack, Frau Schmitt? Soll ich Ihnen etwas anderes bringen? Einen Krabbentoast oder frische Rosinenbrötchen?“, unterbrach die Stimme des Kellners ihre trüben Gedanken.

Sie senkte die Zeitung und blickte ihn an. „Nein, danke, Udo, aber mich gelüstet es nicht unbedingt nach etwas Essbaren.“

„Sollte es vielleicht etwas anderes geben, das ich für sie tun kann? Ich würde Ihnen wirklich jeden Wunsch erfüllen, Frau Schmitt.“ Das Funkeln in seinen Augen sprach Bände.

Nora verzog die Mundwinkel. Warum nur musste das einzige willige Männchen auf der Insel der kleine Bruder von Schweinchen Dick sein? Wenn Udo wenigstens Stil gehabt hätte! Aber, die Billiguhr die er trug, ergab, gepaart mit seinen Polyesterhosen und den abgelatschten Schuhen das perfekte Versager-Outfit. Egal, wie dürftig die Aussicht auf ein Liebesabenteuer momentan war: eine Affäre mit einem solchen Typen kam nicht in Frage!

Aber da ihr Udo in seiner chancenlosen Verliebtheit fast ein wenig Leid tat, schenkte Nora ihm ein Lächeln. „Wirklich jeden Wunsch?“

Als der Kellner rote Ohren bekam, deutete sie amüsiert auf die Schlagzeile. „Nun, dann wünschte ich: Sie könnten mir helfen, das Geheimnis des Postkartenmörders zu lüften!“

„Oh.“ Das war sicher nicht die Antwort die Udo erhofft hatte. Er räusperte sich. „Wenn das so ist, werde ich natürlich alles versuchen, um Sie wenigstens in dieser Hinsicht nicht zu enttäuschen.“ Er senkte die Stimme.

„Wissen Sie, in so einem großen Hotel hört und sieht man so manches.“

Nora spürte ein Kribbeln im Bauch. Zwei Wochen blieben ihr noch. Und, wäre der Mörder erst hinter Gittern, stünde ihren besonderen Urlaubsfreuden nichts mehr im Wege.

„Haben Sie schon eine Theorie, Udo?“

Er beugte sich tiefer, damit niemand ihr Gespräch belauschen konnte. „Der Täter muss ein ziemlich kräftiger Kerl sein und extrem charmant.“

Nora lachte auf. „Wie kommen Sie denn darauf?“

„Fundort und Tatort sind laut Presse nicht identisch und es bedarf einer gewissen Kraft, einen leblosen Körper zu transportieren. Zudem wurde an den Opfern, außer den Würgemalen, keine Gewalteinwirkung festgestellt. Daher gehe ich davon aus, dass die Frauen ihrem Mörder bereitwillig gefolgt sind.“

Nora gelang es kaum ihre Neugierde zu verbergen. „Klingt einleuchtend. Jetzt sagen Sie nur noch, Sie haben auch einen Verdächtigen?“

„Das will ich meinen. Sehen Sie den Gast dort?“ Er nickte in Richtung eines Mannes der zwei Tische weiter saß. Nora riskierte einen begehrlichen Blick. Elegante Erscheinung, makelloses Gesicht, Adonisfigur, hinter diesem Traumtyp war sie schon seit Tagen her. Leider hatten ihre Anbaggerversuche ihn bisher kalt gelassen. Vielleicht war er ja schwul?

Der Kellner kräuselte verächtlich die Lippen. „Ich nenne ihn nur den Lord. Er ist ein ziemlicher Snob und ein unersättlicher Aufreißer.“

„Wie - wie ist das möglich?“, stotterte sie, beschämt darüber bei dem Kerl abgeblitzt zu sein.

„Tja, tagsüber spielt er den Unnahbaren, doch sobald es Nacht wird zeigt er sein wahres Gesicht. Dann zieht er durch die Clubs und Discotheken, immer auf der Jagd nach Frischfleisch. Zurück kommt er aber stets alleine“, flüsterte Udo verschwörerisch. „Dieselbe Nummer hat er letztes Jahr schon in St. Peter abgezogen.“

„Woher …?“

„Ich hatte eine Anstellung im Ambassador, wo auch der Lord zu Gast war. Jeden Abend ließ er sich von mir zu den angesagten Nachtclubs chauffieren und kam am Morgen in einem Taxi wieder. Und, während er tagsüber seinen Body trainierte, musste ich auch noch seine Besorgungen erledigen. Unter anderem Postkarten kaufen. Bis dahin habe ich ihn lediglich für einen Playboy gehalten. Als die ersten Morde bekannt wurden, bin ich stutzig geworden. Also habe ich meine Beobachtungen der Hotelleitung mitgeteilt, worauf ich wegen indiskreten Verhaltens rausgeworfen wurde. Meine Jobsuche hat mich schließlich nach Sylt geführt. Die Frage stellt sich nun: nach was der Lord hier sucht.“

Wie eine Droge sickerten Udos Worte in Noras Gehirn. Plötzlich schien ihr dieser Lord extrem verdächtig. Den Rest des Tages verbrachte sie damit ihn zu observieren. Er erwies sich als kriminell sportlich. Von Tennis über Golf zum Joggen am Strand, passten seine Aktivitäten perfekt ins Täterprofil. Am selben Abend stürzte er sich, wie zur Bestätigung, ins Sylter Nachtleben. Sie hatte größte Mühe ihm auf den Fersen zu bleiben, so oft wechselte er die Etablissements.

„Ein Wolf auf der Suche nach Beute!“, dachte Nora, die großen Gefallen an ihrem Detektivdasein fand. Dann, weit nach Mitternacht, bestieg der Lord in Begleitung einer stattlichen Blondine, ein Taxi und fuhr davon.

Erst am nächsten Morgen beim Frühstück bekam sie ihn wieder zu Gesicht. Er saß, weit vornübergebeugt, an seinem Tisch und wirkte sehr beschäftigt.

Als Udo Bratkartoffeln mit Krabben servierte, zog sie ihn dicht an sich heran. „Was tut der Lord denn da?“

„Er schreibt eine Karte. Wie so oft. Entweder hat er eine große Familie oder … oh, mein Gott! Vielleicht hat der Postkartenmörder wieder zugeschlagen!“

„Pst! Er könnte uns hören.“ Nora hatte keine Lust, sich von diesem dicken Tölpel die Tour vermasseln zu lassen. Im selben Moment erhob sich der Lord und verließ, die Postkarte in der Hand, die Terrasse. Sie ließ Udo und die dampfenden Kartoffeln stehen und folgte dem Verdächtigen. Bevor der Lord die Karte in einen Briefkasten werfen konnte, ging sie auf Konfrontationskurs. Dabei ließ sie es wie ein Zufall aussehen, als sie in ihn hineinstolperte.

„Vorsicht“, sagte er und half ihr auf. „Sylts Pflaster kann tückisch sein für schöne Frauen.“

Nora lief ein kalter Schauer über den Rücken. Diese Kraft! Das charmante Funkeln in den Augen! Er war der Mörder!

Für eine Anzeige bei der Polizei fehlte jedoch ein handfester Beweis. Ein rascher Blick auf die Postkarte in seiner Hand verriet ihr, wo sie danach suchen musste!

Völlig außer Atem kam Nora am alten Kursaal an. Sie rüttelte an der Pforte. Vergebens. Auch das benachbarte

Casino war verschlossen. Schließlich versuchte es sie am Notausgang. Das Herz schlug ihr bis zum Hals, als sie dort das aufgebrochene Türschloss sah. Der Lord war wirklich hier gewesen!

Vorsichtig öffnete Nora die Tür und ging hinein. Es war stickig und dunkel. Sie ertastete einen Lichtschalter. Eine Reihe Neonröhren sprang an und wies den Weg zum Zuschauerraum. Als sie den Samtvorhang zur Seite schob, fiel ein Lichtstrahl auf die Bühne. Nora riss die Augen auf! Auf dem Podest lag der leblose Körper einer blonden Frau.

Sie unterdrückte den Drang schreiend davon zu laufen und zückte ihr Handy. Binnen zehn Minuten traf die Polizei im Kursaal ein – der Lord wurde kurz darauf verhaftet!

Nach ihrer Zeugenaussage konnte Nora am Nachmittag das Polizeirevier verlassen.

Endlich Urlaub! Eine warme Brise wehte landeinwärts, die Sonne lachte, über ihr kreisten Möwen am Himmel. Sie würde sich in Schale werfen und ab ging die Party!

„Hallo, Frau Schmitt. Na, sind Sie dem Postkartenmörder nun doch auf die Schliche gekommen?“ Es war Udo, der sie aus einem Auto heraus ansprach.

„Das will ich meinen! Dieser Lord sitzt endlich hinter Gittern!“

„Fein! Darf ich Sie dann vielleicht zur Feier des Tages auf einen Kaffee einladen?“, fragte er mit Dackelblick. Nora plagte das Gewissen. In ihren Partyplänen war kein Platz für Udo. Warum sollte sie auch muffigen Labskaus an ein Büffet knackiger Krabben mitnehmen? Na ja, vielleicht ließ er sich tatsächlich mit einem Käffchen abwimmeln. Als er die Beifahrertür aufhielt, stieg sie bereitwillig ein.

„Ach, Udo, eigentlich müsste ich ja SIE einladen. Immerhin haben mich Ihre Hinweise zur Ergreifung des Täters geführt“, meinte sie reumütig.

„Ist das so?“

„Ja, sicher! Denn gestern war der Lord mit einer Blondine aus und heute liegt sie tot im alten Kursaal – genau jenem Ort, der auf seiner Postkarte abgebildet war.“

„Die ich ihm gekauft habe. - Haben Sie das nie in Betracht gezogen?“

„Ich bitte Sie. Ich habe ihn doch mit der Blondine gesehen!“

„Nicht jede Blondine muss eine Frau sein. Unser Lord hegt eine Schwäche für Ladys mit Bartstoppeln.“

„Dann ist er also doch schwul?“

„Nicht nur das, er ist auch unschuldig.“

„Aber es hat doch alles gepasst. Sie selbst haben mir gesagt der Mörder müsse stark und charmant sein.“

„Nun, bin ich das nicht auch?“, knurrte er. „Ausser, dass die Weiber zu mir ins Auto steigen, weil sie mich für einen harmlosen Trottel halten.“

Verwirrt sah Nora ihn an. Schweißperlen standen auf seiner Stirn. Sie fragte sich warum er trotz der Hitze Handschuhe trug. „Verdammt, Udo! Was reden Sie denn da? Und wo fahren wir überhaupt hin?“

Er zog eine Postkarte aus der Brusttasche seines Hemdes und zeigte ihr das Motiv.

„Ans Morsumer Kliff. Bedauerlich nur, dass Sie es nicht mehr erleben werden, Frau Schmitt.“

Theater, Theater

Roswitha legte ihr Nähzeug beiseite und goss sich noch etwas Tee ein.

„Wann hat dein Enkel denn seinen nächsten Auftritt mit seiner Theatergruppe?“, fragte ihre Freundin Margarethe.

„Nächstes Wochenende. Du solltest dir das Stück unbedingt ansehen. Ich war am Samstag in der Premiere und es ist sehr spannend. Ein Kriminalstück: Es geht um den Mord an einem Kindermädchen.“

„Dein Enkel hat sicher viel Talent zum Schauspiel.“

„Oh ja, das hat er“, antwortete Roswitha stolz. „Ich helfe den jungen Künstlern ein wenig bei der Requisite, wasche die Kostüme oder bessere sie aus, wenn es nötig ist. Sieh mal hier.“ Sie nahm ein blutdurchtränktes Hemd aus einem Korb. „Es gab bei der Probe ein Unglück mit dem Theaterblut. Ob ich das noch einmal sauber bekomme?“

„Himmel!“, entfuhr es Margarethe. „Das sieht ja täuschend echt aus! Auch dieses Messer hier!“ Sie nahm ein Theatermesser in die Hand und drückte mit dem Finger die nachgebende Klinge ein.

Plötzlich läutete es an der Tür. Überrascht sah Roswitha ihre Freundin an.

„Wer mag das sein?“, fragte sie, stand auf und eilte durch den Flur zum Eingang.

Vor der Tür stand ein Mann in einer dunkelblauen Latzhose. In den vielen Taschen steckten Werkzeuge.

„Ich komme von den Stadtwerken und muss ihre Wasserleitung in der Küche überprüfen“, sagte er.

„Aber davon weiß ich gar nichts“, erwiderte die alte Dame. „Sonst machen Sie doch immer einen Aushang im Hausflur.“

„Das haben wir auch, sicher hat es jemand weggenommen. Ich kann Ihnen versichern, dass alles seine Richtigkeit hat. Nur, wenn ich die Leitung nicht überprüfen kann, dann müssen Sie haften, falls später Schäden auftreten."

Roswitha bat den Mann herein, ohne weitere Fragen zu stellen. Er ließ sich in die Küche führen. Als die alte Dame durch das Wohnzimmer kam, stellte sie fest, dass Margarethe nicht mehr dort saß. Wahrscheinlich befand sie sich auf der Toilette, die zweite Tasse Tee tat ihre Wirkung.

In der Küche drehte der Mann wahllos an den Hähnen. Er überprüfte die Dichtung und schraubte fahrig daran herum.

„Tropft er manchmal?", fragte er.

Roswitha verneinte. Ein wenig wunderte sie sich schon über das seltsame Auftreten des Mannes. Plötzlich ertönte ein schriller Schrei aus dem Schlafzimmer. Der Mann stürzte aus der Küche, Roswitha hinterher. Sie sah gerade noch eine junge Frau flüchten, der vermeintliche Handwerker lief ihr hinterher.

Im nächsten Moment trat Margarethe in die Schlafzimmertür. In der einen Hand hielt sie das blutige Hemd und der anderen das Theatermesser.

„Was ist passiert?", fragte Roswitha.

„Nun, ich habe euer Gespräch an der Tür mitgehört", erzählte sie. „Das hat mich stutzig gemacht. Gerade heute Morgen habe ich einen Bericht über Trickbetrüger gelesen, die in unserer Gegend ihr Unwesen treiben. Sie kommen zu zweit. Der eine tritt als Handwerker auf und lenkt die Bewohner ab. Er schließt die Tür hinter sich nicht richtig, so dass sein Komplize unbehelligt in die Wohnung kommt, um die Schränke zu durchwühlen."

„Das ist ja schrecklich! Und dann?“

„Nur deine Schlafzimmerschränke kann man von der Küche aus nicht sehen, also legte ich mich auf dein Bett, drapierte das Hemd auf meinem Bauch und tat so, als würde das Messer in meiner Brust stecken. Wie erwartet kam die Komplizin und sah sich um. Als sie mich erblickte, ist sie wohl zu Tode erschrocken und suchte kreischend das Weite.“

„Das wird ihr eine Lehre sein“, antwortete Roswitha, die allerdings ganz bleich geworden war. „Margarethe, du bist unglaublich! Mir scheint, in dir fließt auch Theaterblut!“

Die nette Mörderin von nebenan

Was ich Ihnen nun erzähle, ist sehr vertraulich. Nur wenige Leute wissen davon, die Polizei selbstverständlich nicht.

Mein erster Mord war der an einer jungen Frau namens Lilly. Ich weiß sogar einiges über sie zu berichten, sie war sehr hübsch, hatte langes, schwarzes Haar. Lilly kam aus einer reichen Familie und sollte einen Mann heiraten, den sie nicht liebte. Ihr junges, kurzes Leben war nicht glücklich. Nun ist es vorbei.

Ich muss ganz ehrlich sagen, so ein Mord kostet Überwindung. Mit dem Gedanken zu spielen ist verführerisch, doch der Schritt, ihn tatsächlich in die Tat umzusetzen, ist ein sehr großer. Man geht stets zwei Schritte nach vorne und wieder einen zurück. Man zögert. So eine Entscheidung will durchdacht sein. Sie hat etwas unheimlich Endgültiges. Aber dann tut man es. Am liebsten würde man nicht hinsehen, wenn man seinem Opfer den Hauch des Lebens entzieht. Es fühlt sich an, als müsse man einen Löffel Lebertran schlucken und hielte sich dabei die Nase zu, um den Geschmack weniger zu spüren. Man braucht Ausdauer, um nicht kurz davor abzubrechen. Die Verlockung, das Opfer nur ein bisschen umzubringen, damit alles nicht so schlimm ist, ist sehr groß. Sie wissen genau so gut wie ich, dass dies nicht möglich ist. Nein, es müssen Nägel mit Köpfen sein. Der Mord an Lilly wurde also vollzogen, danach erfolgte eine seltsame Empfindung. Man hat die Hürde genommen, ist den Schritt gegangen, vermisst die Unschuld, die einem kurz vorher noch innewohnte. Man ist Täter. Mörder. Die Erinnerung an Lillys bleiches Gesicht, als man sie aus dem Fluss zog, macht mich noch immer etwas traurig.

Der zweite Mensch, der durch meine Hand starb, war ein Mann, der leider nicht so nett war, wie er aussah. Er arbeitete als Gigolo und starb spät in der Nacht, nach einem durchtanzten Abend.

Dieses Mal fühlte ich mich plump, wie ein Amateur, der seine Arbeit lieblos hinter sich bringt, nur um schnell fertig zu werden. Danach kam es mir vor, als würde ich aus einem verworrenen Traum aufwachen und mich darüber wundern, was ich gerade getan habe. Es erschien mir unwirklich, und doch vertraut. Der Kick des ersten Males war vorüber, dieser Mord hatte es etwas sehr Nüchternes. Ich fand es ein wenig erschreckend, dass es mir nicht mehr so viel ausmachte, wie beim ersten Mal.

Kann man bei so etwas abstumpfen, fragte ich mich. Bei solch grausamen Dingen? Offensichtlich kann man, denn ich müsste lügen, würde ich behaupten, dass mir der nächste Mord keinen Spaß gemacht hat. Es traf eine hübsche, junge Blondine, mit sonnenverwöhnter Haut und großen … Na, Sie wissen schon, was ich meine. Der Genauigkeit halber muss ich sagen, dass es eigentlich kein Mord war. Es war ein Unfall, ich habe nur ein wenig nachgeholfen. Ich hätte ihr helfen können, sie warnen können. Es Mord zu nennen, wäre übertrieben, aber ebenso falsch wäre es, meine Hände ganz und gar in Unschuld zu waschen. Wie auch immer, jetzt ist sie tot.

Mein nächster Mord war dagegen ein klarer Fall. Dieser widerliche Firmenchef hatte viele seiner Angestellten aus reiner Profitgier entlassen. Als das kalte Fleischmesser aus Edelstahl in seinen Rücken fuhr, empfand ich reine Genugtuung. Ich fühlte mich wie ein moderner Robin Hood, der Rächer der Entlassenen. Sein Blut hat einen hässlichen

Fleck auf einem Wildledersofa hinterlassen. Nun, vielleicht sollte ich etwas sorgfältiger arbeiten, mehr auf Reinlichkeit achten.

Der letzte Mord den ich beging, war der an einem jungen Mann. Er hatte es nicht verdient, die wenigsten Opfer tun das. Er war zum falschen Zeitpunkt am falschen Ort, und es kam, wie es kommen musste. Die Art und Weise, wie sein Umfeld darauf reagierte, hat mich sehr betroffen gemacht. Der Mord an sich ließ mich jedoch kalt. Irgendwann stellt sich eine Routine ein, dann kommt die Kreativität zum Vorschein. Man kommt immer wieder auf neue Ideen und Wege jemanden zu ermorden und kommt immer mehr in Fahrt.

Nun fragen Sie sich vielleicht, wo all diese grausamen Morde begangen wurden, Sie hoffen, dass es weit entfernt von Ihnen geschah. Was wäre, wenn es nicht so ist? Verunsichert Sie das? Vielleicht sind die Morde in ihrer Stadt passiert, sogar in ihrem Stadtteil. Ist es nicht ein beängstigender Gedanke, dass eine verrückte Mörderin dort herumläuft, wo Sie sich am wohlsten fühlen? Denken Sie darüber nach, ob Sie mich kennen? Vielleicht waren wir auf der gleichen Schule, sogar in der gleichen Klasse. Ich könnte Ihre Nachbarin sein, die nette, die immer die Blumen gießt und Ihre Katze füttert, wenn Sie in Urlaub fahren. Schlimmer noch, ich könnte die Erzieherin sein, die Ihre Kinder hütet, oder die Dame im Seniorentreff, die mit Ihrer Mutter Karten spielt. Glauben Sie mir, das ist gar nicht so abwegig. Ich bin die nette Mörderin von nebenan. Sie könnten das nächste Opfer sein. Immerhin gibt es kein Muster, die Morde sind querfeldein verübt worden. So etwas hängt von der Stimmung ab, wissen Sie? Werden Sie unruhig, wenn sie daran denken?

Nun, bevor ich Ihnen den Schlaf raube, werde ich Ihnen lieber versichern, dass Sie nicht in Gefahr sind. All diese Morde sind nur auf dem Papier geschehen. Ich liebe es nun einmal, Krimis zu schreiben.

Mörder-Muffins

Zutaten für 12 Stück:
125 g Butter
125 g Zucker
2 Eier
175 g Weizenmehl
50 g Speisestärke
½ Päckchen Backpulver
1 Msp. Vanille oder ½ Päckchen Vanillezucker
1 Schuss Milch

<u>Muffins:</u>

Alle Zutaten zusammen schaumig schlagen, ggf. noch etwas Milch zugeben, bis der Teig eine sehr cremige Konsistenz hat. Teig auf die Muffin-Förmchen verteilen und ca. 20 Minuten bei 200°C backen. Wenn die Muffins goldbraun sind, aus dem Ofen nehmen, auskühlen lassen.

<u>Creme:</u>

100 g Frischkäse, 1 Msp. Vanille und 50 g Puderzucker vermengen. In einen Spritzbeutel füllen und die Törtchen damit dekorieren. Mit roter Marmelade versehen.

Die Schokoladendekoration wurde mit der Eiswürfelform „Eiskalte Killer“ (erhältlich im Moses-Verlag) hergestellt. Dafür einfach Schokolade im Wasserbad schmelzen, einfüllen und auskühlen lassen.

Alternativ lassen sich dekorative Mordwerkzeuge aus Marzipan formen.

Autorennachweis

Sommerresidenz, Gabi Thomas, Erstveröffentlichung 2007

Rache ist cremig, Brigitte Pukowski, Erstveröffentlichung 2007
(mit freundlicher Genehmigung der Röser-Presse)

Auf gute Nachbarschaft, Gabi Thomas, Erstveröffentlichung 2008

Großputz, Brigitte Pukowski, Erstveröffentlichung 2011

Der einzige Zeuge, Gabi Thomas, Erstveröffentlichung 2008

Ordnung muss sein, Brigitte Pukowski, Erstveröffentlichung 2008

Gewiefte Räuber, Gabi Thomas, Erstveröffentlichung 2007

Der Kartoffel-Crètin, Gabi Thomas, Erstveröffentlichung 2006

Die wunderbare Welt der Schwerkraft, Brigitte Pukowski, Erstveröffentlichung 2007

Siedlungsfest, Gabi Thomas, Erstveröffentlichung 2008

Der Postkartenmörder, Brigitte Pukowski, Erstveröffentlichung 2010

Theater, Theater, Gabi Thomas, Erstveröffentlichung 2007

Die nette Mörderin von nebenan von Gabi Thomas, Erstveröffentlichung 2006

Die Geschichten sind u.a. im Sieben-Verlag, KBV-Verlag, Societäts-Verlag und in der Röser-Presse erschienen.

Über die Autoren

Brigitte Pukowski arbeitet *mit* und *für* Menschen und in ihrer Freizeit schreibt sie gerne Geschichten *für* ihre *Mit*menschen

Gabi Thomas schreibt für ihr Leben gerne. Sie arbeitet als Texterin und schreibt neben Krimis für Erwachsene auch Bücher für Kinder. Manche ihrer Geschichten sind unter einem Pseudonym erschienen.

Impressum

1.Auflage November 2012
Create-Space-Edition

Lektorat und Herausgeber:
Tobias Thomas, Emser Str. 48, 65195 Wiesbaden
Titelfoto: Gabi Thomas
Covergestaltung: Juliane Pukowski
Kontakt: verlag@tobiasthomas.de

2251689R00065

Printed in Germany
by Amazon Distribution
GmbH, Leipzig